D1937566

Hildegard A. Niepel · Schmerzen töten Geigenklänge

Für Hans,
Am Ende der Realität
beginnt meine Welt
der Fantasie!

Hildegard A. N.
06
2006

Hildegard A. Niepel

Schmerzen töten Geigenklänge

surrealistische Kriminal-Novellen

FOUQUÉ LITERATURVERLAG

Die Deutsche Bibliothek - CIP-Einheitsaufnahme
Niepel, Hildegard A.: Schmerzen töten Geigenklänge : Novellen-Trilogie / Hildegard A. Niepel.-
Egelsbach ; Frankfurt (Main) ; Washington: Fouqué, 1998
ISBN 3-8267-4170-6
NE: GT

©1998 Fouqué Literaturverlag
Imprint der Verlagsgruppe Dr. Hänsel-Hohenhausen®
Egelsbach · Frankfurt a.M. · Washington

Verlage in der Schillerstraße
Boschring 21-23 · D-63329 Egelsbach
Fax 06103-44944 · Tel. 06103-44940

ISBN 3-8267-4170-6
Erste Auflage
1998

Titelbild: Friedel Schulz-Dehnhardt: Dreiklang, 1998
Oelpastell, monogr., 21x25 cm

Dieses Werk und alle seine Teile sind urheberrechtlich geschützt.
Nachdruck, Vervielfältigung in jeder Form, Speicherung,
Sendung und Übertragung des Werks ganz oder
teilweise auf Papier, Film, Daten- oder Ton-
träger usw. sind ohne Zustimmung
des Verlags unzulässig und
strafbar.

Printed in Germany

Inhaltsverzeichnis

1. Novelle

Schmerzen töten Geigenklänge

Ein Ganzes - zerstört

Leben beginnt und Leben vergeht,
ohne daß jemand es je versteht.
Ein Ganzes - zerstört - ein ich, ein du -
eben noch da, verflogen im Nu.

Das Gute strahlt in tröstlicher Pracht,
jedoch das Böse entfaltet Macht.
Ein Ganzes - zerstört - nun ich, nun du -
des Schicksals Gewalt kennt kein Tabu.

Die Sinne verwirrt, verdrängt das Sein,
Schmerzen töten den Lebensquell mein.
Ein Ganzes - zerstört - mein ich, mein du -
qualvolles Dasein - leben? Wozu.

Der Sonne Strahlen beglücken dich,
nachtschwarzes Dunkel, es ängstigt mich.
Ein Ganzes - zerstört - so ich, so du -
die Herzen schlagen den Takt dazu.

Himmel, nur Himmel vereint in dir,
Hölle, die Hölle brennt tief in mir.
Ein Ganzes - zerstört - das ich, das du -
wann finden die Seelen ihre Ruh'?

Das Böse existiert. In jedem Lebewesen. Als Teil des Ganzen. Es behauptet eine Daseinsberechtigung für sich. Seit Urbeginn.

Das Böse ist allgegenwärtig. Es lauert auf seine Chance. Um aktiv zu werden. Verkümmert nie ganz. Muß sich allenfalls mit einem latenten Vorhandensein abfinden.

Das Böse bin ich. In Jakob Buschmann. Ich lebe in ihm. Seit seiner Geburt. Er kann mich nicht vertreiben. Ich bin sein Teufel. Seit über 50 Jahren. Geduldig warte ich darauf, die Oberhand zu gewinnen. Ich will Jakob zerstören. Mit meinen satanischen Kräften. Es wird mir gelingen. Eines Tages.

*

„Im Schloß spukt es, erzählten sich die Leute von Liegnitz. Und jeder war froh, wenn er bei Einbruch der Dunkelheit die Schloßmauern hinter sich lassen konnte. Die Leute hatten Angst. Zumal der Fürst ein strenger Herr und Gebieter war."

„Glaubst du, da war wirklich ein Gespenst, Mama?"

„Wenn du mich immer unterbrichst, Jakobla, kann ich die Geschichte nicht weiter erzählen. Es ist ohnehin schon spät. Du solltest längst schlafen."

„Ach bitte, Mama. Ich bin auch ganz still."

„Na gut. - Eines Tages verkündete ein Herold: »Die Mongolen stehen an der Grenze des Fürstentums. Es gilt, das Land zu verteidigen. Alle Mann an die Waffen.« - Die Schlesier hatten schon von dem mongolischen Reitervolk gehört. Sie wußten, daß die wilde Horde aus dem fernen Asien von niemandem aufgehalten werden konnte. Auf ihren kleinen Pferden galoppierten die todesmutigen Reiter säbelschwingend von Ort zu Ort. Metzelten alles nieder, was ihnen in den Weg kam. Plünderten die Dörfer aus und zündeten sie an. Im Licht der lodernden Flammen stürmten sie weiter. Ihr markerschütternder Schlachtruf »Heil Dschingis Khan« hallte kilometerweit voraus und versetzte das Volk in Angst und Schrecken. Erst die Schlacht auf der Wahlstatt stoppte ihren Siegeszug. Hier endete die Blutschneise, die die Mongolen über Tausende von Kilometern geschlagen hatten. - So Jakobla, für heute ist Schluß. Jetzt wird geschlafen."

„Ach, Mama ..."

„Nein. Morgen Abend erzähle ich dir den Rest."

Die Lieblingsgeschichte des kleinen Jakobla, wie ihn seine Mutter nannte, hat sich im Jahr 1241 so oder ähnlich zugetragen. Sie endete damit, daß die Mongolen erfolgreich bekämpft und zurückgedrängt wurden. Die Verwundeten blieben auf dem blutigen Schlachtfeld liegen. Ein paar von ihnen, die dem Tod entgehen konnten, siedelten sich in Schlesien an. Vermischten sich schließlich mit dem dort ansässigen Volk.

Diese Geschichte hat Jakob Buschmann nachhaltig geprägt. Ja verfolgt. Bis heute. Nahezu ein halbes Jahrhundert.

Seinen Vater hat er nicht gekannt. Josef Buschmann war einer der ganz Frühen, die im Zweiten Weltkrieg gefallen waren. Auch an die Vertreibung aus Niederschlesien und die Flucht in den Westen im Jahr 1946 kann sich Jakob nur lückenhaft erinnern. Die tagelange Zugfahrt ist haften geblieben. Nicht, wie sie sich tatsächlich zugetragen hat: eingepfercht mit vielen anderen Vertriebenen in schmutzigen, stinkenden Viehwaggons. Nein, Jakobla sah sich auf dem Rücken eines Mongolen-Pferdchens dahin preschen. Ungestüm. Mutig. Er war überzeugt davon, daß einer dieser verwundeten, auf dem Schlachtfeld zurückgebliebenen Mongolen, sein Vorfahr war. Daß er sogenannte Mongolenfalten in den Augenlidern hat, war für ihn kein Zufall. Vielmehr Bestätigung dafür, daß in seinen Adern Mongolenblut fließt.

Die Nachkriegsjahre empfand Jakob keinesfalls als schwer. Die Mutter, eine gelernte Schneiderin, verdiente genug für den bescheidenen Lebensunterhalt. Da niemand viel besaß, wurde ihm die Armut kaum bewußt.

Nach dem Abitur begann er eine Optikerlehre. Er besaß Ehrgeiz. Gepaart mit seiner praktischen Veranlagung brachte er es bis zum Augenoptiker-Meister.

Nach dem frühzeitigen Tod seiner Mutter begann für Jakob eine Odyssee. Sie führte ihn quer durch das Land. Nirgends hielt er es lange aus. Ein innerer Drang trieb ihn weiter. Ruhelos. In seinem Beruf hatte er keine Schwierigkeiten, immer wieder eine neue Anstellung zu bekommen.

*

Jakob, inzwischen ein Mitfünfziger, ist ruhiger geworden. Er lebt in einer idyllischen Kleinstadt. Ist unverheiratet. Hat es zu bescheidenem Wohlstand gebracht. Er besitzt ein kleines Haus. Der hübsche Garten ist sein ganzer Stolz. Er pflegt ihn liebevoll. Die nahegelegene Großstadt bietet genügend Abwechslung. Falls es ihm einmal langweilig wird. Meistens fährt er in seine Stammkneipe. Hier kennt man ihn. Seit Jahren. Schätzt ihn als treuen Gast. Gewöhnlich trinkt er ein oder zwei Bierchen. Unterhält sich kurz mit dem Wirt. Über das Tagesgeschehen. Und fährt wieder nach Hause.

Heute hat ihn ein Fremder in ein Gespräch verwickelt. Er ist angetrunken. Jakob hört sich geduldig seine Schimpftiraden an. Der Mann wettert über Gott und die Welt. Duzt Jakob einfach.

„Das mußt du doch zugeben, die arbeiten nur in ihre eigene Tasche. Wir sind die armen Schweine. Stimmt's?"

Jakob: „Wen meinen Sie denn mit »die«?"

„Du machst mir Spaß. Die Politiker natürlich. Und das ganze Wirtschaftspack. Wenn ich schon höre *Banker*. Da wird mir direkt schlecht. Die haben die Säckel voll. Unsereins kann sich kaum ein Bier leisten."

„Übertreiben Sie da nicht ein bißchen?“ Jakob deutet auf das Bierglas des Mannes. Fährt fort: „Das ist doch nicht das erste, das Sie heute trinken.“

„Da hast du recht. Weißt du aber, wie's mit der Zeche aussieht? Ob ich die bezahlen kann. Äh?“

„Das hoffe ich für Sie, sonst kriegen Sie Ärger mit dem Wirt.“

„Eben. Deshalb mußt du mir helfen.“

Jakob erstaunt: „Wie bitte?“

„Siehst du den Ring hier?“

Der Fremde zieht einen Ring vom Finger. Es ist ein amerikanischer College-Ring. Mit einem roten Stein.

„Guck dir den mal ganz genau an. Den Stein meine ich.“

Jakob nimmt den Ring. Betrachtet ihn.

„Na? Was siehst du?“

Jakob hält den Ring näher ans Licht. Sagt: „Ein schönes Stück.“

„Sowieso. Aber da drin im Stein, da ist ein Notenschlüssel. Ganz unten. Mann, siehst du schlecht?“

Jakob hat mit seinem geschulten Optikerblick die Gravur längst entdeckt.

„Interessant. Wo haben Sie den her?“

„Das geht dich nix an.“

„Ich meine ja nur.“

Jakob will ihm den Ring wieder geben. Der Fremde schiebt seine Hand zurück.

„Willste ihn haben? Ich verkauf'n dir.“

Jakob überrascht: „Tatsächlich?“

„Klar. Weil du's bist. Außerdem bin ich klamm. Weißt schon. Die Zeche hier."

„Was soll er denn kosten?"

„Für dich mach ich 'n Sonderpreis. Das is' kein nullachtfuffzehn Ding. Das ist was ganz Wertvolles. Aus Amerika. Den habe ich von einem Ami ... Ach, das tut nichts zur Sache. Also, was is'?"

„Sie haben mir immer noch nicht gesagt, was er kosten soll."

Der Fremde sieht Jakob etwas zögernd von der Seite an. Druckst herum. Dann sagt er: „Zwei Blaue. Für dich. Is' locker das Doppelte wert."

Jakob weiß, daß der Preis günstig ist. Da er aber vermutet, daß es Hehlerware ist, versucht er, noch zu handeln.

„Zweihundert? Nein, da kommen wir nicht ins Geschäft. Für die Hälfte vielleicht."

Der Fremde reißt ihm den Ring aus der Hand. Sagt erbost: „Spinnst du? Da kann ich ihn dir ja gleich schenken." Er drängt ihn Jakob wieder auf. „Hier, nimm ihn nur. Wenn du mich erledigen willst."

Er dreht Jakob demonstrativ den Rücken zu. Zischt: „Raffhals!"

Im Großen und Ganzen führe ich, das Böse, in Jakob eher ein trauriges Dasein. Er ist so anständig, daß ich fast am Verkümmern bin. Nur ganz selten kommt ein wenig Hoffnung auf. So wie neulich. Auf dem Tennisplatz. Jakob ist begeisterter Tennisspieler. Nach dem Match fand er vor der Umkleidekabine eine Geldbörse. Er hob sie auf. Nachdem er sich vergewissert hatte, daß niemand in der Nähe war und ihn beobachtete, steckte er sie ein.

Da habe ich frohlockt: „Gut so, Jakob. Behalte sie. Egal, wer sie verloren hat. Jetzt gehört sie dir."

Doch meine teuflische Freude währte nicht lange. Auf dem Weg zum Parkplatz wurden seine Schritte langsamer. Ihm kamen plötzlich Bedenken. „Vielleicht ist viel Geld drin. Geld, das der Eigentümer braucht. Zum Leben“, dachte er.

„Quatsch“, habe ich dagegen gehalten. „Wer hier Tennis spielt, ist nicht arm. Behalte das Portemonnaie! Was kümmert es dich, ob der Verlierer viel hat oder wenig.“

Aber Jakob hat mich wieder einmal enttäuscht. Er ist zurückgegangen und hat die Geldbörse im Büro abgegeben. Ich war total fertig. Damals.

Seitdem gab es nichts für mich zu tun. Ich liege nutzlos im Verborgenen herum. Warte täglich darauf, meine dämonischen Krallen auszufahren. Vergebens.

Jetzt wittere ich eine Chance. Hier in der Kneipe. Ich bin hellwach. Bedränge Jakob: „Bleib hart. Drück den Preis. Sei nicht doof. Wer weiß, wo der Kerl den Ring her hat.“

Doch schon werde ich wieder enttäuscht. Jakob bekommt Mitleid. Dieses verdammte Mitleid. Ich hasse es. Er lenkt ein. Tippt dem Fremden auf die Schulter.

„Hören Sie mal. Man wird doch noch ein bißchen handeln dürfen.“

Der Mann dreht sich um. Sagt, immer noch etwas beleidigt: „Handeln nennst du das?“

„Genau. Das hat nichts mit Halsabschneiden zu tun. Oder wie Sie das nennen.“

Jakob steckt sich den Ring an. „Passen tut er ... Ich mache Ihnen einen Vorschlag.“

Spätestens jetzt weiß ich, daß ich nicht zum Zuge komme. Dennoch versuche ich noch einmal mein Glück: „Mensch, Jakob. Gib nicht so schnell auf! Der Kerl ist besoffen. Den kannst du ausnehmen." Es hat keinen Sinn. Ich habe verloren. Muß zurück in meine Verborgenheit. In mein latentes Versteck.

Jakob fragt den Fremden: „Wie lange sind Sie schon hier?"

Der schaut ihn mit glasigem Blick unverständlich an. Sagt: „Was soll denn das nun wieder?"

„Seit zwei Stunden? Drei?"

Der Fremde versucht, die Zeit auf seiner Armbanduhr zu entziffern. „Ich weiß nicht, was das mit unserem Handel zu tun hat."

„Das werde ich Ihnen sagen. Ich gebe Ihnen 130 Mark und bezahle Ihre Zeche. Bis zu diesem Bier. Alles, was Sie getrunken haben. Wer weiß, wie viel das ist. Vielleicht mache ich gerade einen großen Fehler."

Der Fremde schnell: „Nee, Mann. Das ist in Ordnung. Ich hab doch gewußt, daß du ein Kumpel bist. Ich bin auch erst vorhin gekommen. Kurz vor dir. Ehrlich."

„Also, ist das ein faires Angebot?"

„Klar, Mann!" Er schlägt Jakob auf die Schulter. „Ist 'n Supergeschäft für dich. Das mach ich nur, weil du mein Freund bist. Ein wertvolles Stück hast du da gekriegt. Das kannste mir glauben. So und nun komm mal rüber mit den Scheinchen!"

Jakob hat das Gefühl, sich anständig verhalten, den Betrunkenen nicht ausgenutzt zu haben. Er hat ihm die 130 Mark gegeben und die Zeche bezahlt. 32,80 Mark. Dann ist er gegangen.

Der Fremde ist nie wieder in der Kneipe aufgetaucht.

Den Ring trägt Jakob seit dem Tag auf seinem linken Ringfinger. Ohne ihn je wieder abzunehmen. Er gefällt ihm so gut, weil in dem roten Stein ein Violinschlüssel zu sehen ist.

Jakob hat nämlich zwei Hobbys: Tennis, das er aktiv betreibt. Und die klassische Musik, der er passiv frönt. Er besitzt eine phantastische Stereoanlage und viele CD's. Um den Klang zu intensivieren, setzt er die Kopfhörer auf. So hört er oft stundenlang Musik. Außerdem besucht er regelmäßig Konzerte. Sowohl am Ort, als auch in der nahegelegenen Großstadt.

*

„40 Null", ruft Franz, sein Tennispartner.

„Verdammt noch mal. Schon wieder Spielball", murmelt Jakob in sich hinein. Er geht zurück an die Grundlinie. Der Schweiß rinnt ihm von der Stirn.

Franz tippt den Tennisball dreimal auf. Reckt sich zum Aufschlag in die Höhe. Drischt ein As. Sagt: „Fünf eins."

Er spielt Jakob den zweiten Ball locker zu.

„Dein Aufschlag."

Jakob sammelt die restlichen Bälle ein. Sie liegen alle auf seiner Seite. Weil er sie nicht über das Netz gebracht hat. Oder sie haben ihn passiert. Gegen Franz hat er so gut wie keine Chance. Auch dieses Spiel wird er jetzt abgeben. Obwohl er Aufschlag hat.

Sechs eins heißt das Endergebnis. Und damit hat er einmal mehr ein Match verloren. Die Spieler geben sich die Hand.

Jakob etwas deprimiert: „Da hast du es mir ja wieder gezeigt. Hast du noch Zeit, was zu trinken?"

„Nee. Ich muß gleich heim. Wir haben heute abend noch eine Einladung. Tut mir leid."

„Schon okay. Verstehe."

„Mach's gut. Bis nächsten Donnerstag."

„Ja. Wiedersehen."

Wie gesagt, gegen diesen Tennispartner gewinnt Jakob so gut wie nie. Daran hat er sich schon gewöhnt. Trotzdem spielt Franz jeden Donnerstag mit ihm. Vielleicht braucht er das für sein Ego. Jakob kann dies nur vermuten. Da sie sich nach den Matches kaum einmal zusammensetzen, kennt er Franz rein menschlich so gut wie gar nicht.

Mit Dieter, seinem zweiten Tennispartner, ist es genau umgekehrt. Sie spielen jeden Dienstag. Eine Stunde. Nach Feierabend. Dieter ist wie Franz Manager in einem Großbetrieb. Er spielt noch nicht lange Tennis. Und so hat Jakob dienstags, wenn er gewinnt, zum Ausgleich sein Erfolgserlebnis. Die beiden Männer verstehen sich auch sonst recht gut. Oft setzen sie sich nach dem Spiel zusammen. Trinken etwas. Unterhalten sich. Darüber hinaus gibt es aber auch mit Dieter keine weiteren gesellschaftlichen Kontakte.

Jakob ist Einzelgänger. Er hat nichts gegen die Menschen. Braucht sie aber auch nicht. Zumindest nicht über das übliche Maß hinaus.

Bei den Frauen hat er durchaus seine Chancen. Die Richtige war aber noch nicht dabei. Inzwischen hat er sich an sein Single-Dasein gewöhnt. Strebt nicht gezielt eine Veränderung an. Wenn er allerdings die richtige Frau treffen würde, wäre ihm eine feste Bindung durchaus auch recht.

*

Jakobs Leben, das in so wunderbarer Ordnung verläuft, erfährt plötzlich einen tiefen Einschnitt. Von einem Moment auf den nächsten ist alles verändert. Nichts ist mehr so, wie es bisher war. Sein Leben wird bis in die Grundfesten erschüttert.

An einem schönen Tag im späten Juni hat er sich spontan entschlossen, in die Stadt zu einem Konzert zu fahren. Mit seinem Cabriolet. Die Fahrt dauert je nach Verkehr eine halbe bis dreiviertel Stunde.

Auf der Hinfahrt scheint noch die Sonne. Jakob fährt mit offenem Verdeck.

Während des Konzerts sind Wolken aufgezogen. Es sieht nach Regen aus. Für die Heimfahrt schließt Jakob deshalb das Verdeck. Für alle Fälle. Es ist extrem schwül. Er öffnet das Seitenfenster. Stützt den linken Arm locker darauf. Das wird ihm zum Verhängnis werden.

Der Himmel ist inzwischen fast schwarz. Jakob schaltet das Licht ein. Er ist ein guter Autofahrer. Fährt zügig. Ohne zu rasen. Die Schwüle ist schier unerträglich. Plötzlich kommt Sturm auf. Die ersten Blitze. Donner. Auf der Hälfte der Strecke eine Steigung. Rechts ein steiler Abhang. Jakob kennt die Strecke wie seine Westentasche.

In einer Kurve kommt ihm ein Fahrzeug entgegen. Von oben. Mit Fernlicht. Jakob wird geblendet. Der Wind klatscht Regen gegen die Frontscheibe. Äste und Zweige brechen von den Bäumen. Jakob will seinen linken Arm hereinziehen. Das Fenster schließen. Zehntel Sekunden. Zu spät. Ein Schlag. Danach nimmt er nichts mehr wahr.

Jakobs Cabrio wirbelt durch die Luft. Den Abhang hinunter. Überschlägt sich mehrmals. Bleibt liegen. Zertrümmert.

Der Fahrer des nachfolgenden Wagens sieht das Unglück. Schemenhaft. Aus der Distanz. Er weiß nicht, wie der Unfall passiert ist. Aber er verständigt sofort die Polizei. Auch später wird man den genauen Hergang nicht mehr feststellen können. Niemanden verantwortlich machen können. Für das tragische Geschehen.

*

Jakob hat überlebt. Wie durch ein Wunder. Er liegt auf der Intensivstation des Kreiskrankenhauses. An lebenserhaltende Maschinen und Schläuche angeschlossen. Von Kopf bis Fuß Verbände.

Er öffnet die Augen. Langsam, ganz langsam, kommt die Erinnerung. An die schrecklichen Sekunden vor dem Unfall. Sein Gehirn ist nicht verletzt. Funktioniert normal. Er begreift, daß er sich im Krankenhaus befindet.

Jakob will den Kopf anheben. Unmöglich. Keine Bewegungsfreiheit. Will sich bemerkbar machen. Versucht, zu sprechen. Es wird nur ein Röcheln. Aber die Schwester auf der Intensivstation hört es. Ist sofort an seiner Seite.

Sie schaut ihm fest in die Augen. Fragt: „Hören Sie mich, Herr Buschmann?"

Jakob versucht, zu bejahen. Die Schwester kontrolliert kurz die Monitore. Nimmt dann den Schlauch aus seinem Mund.

Fragt erneut: „Sie hören mich?"

Jakob antwortet mit einem schwachen: „Ja". Angst überkommt ihn. Wird größer. Immer größer. Um Gottes Willen. Was ist mit mir?

Die Intensiv-Schwester weiß, was in ihrem Patienten in diesem Moment vorgeht. Sieht seinen angstvollen Blick. Wie sich die Augen mit Tränen füllen. Sie schaut ihn verständnisvoll an.

Jakob fühlt die Teilnahme. Unter großer Anstrengung fragt er: „Was ist passiert?"

„Sie hatten einen schweren Autounfall. Aber wir bekommen Sie wieder hin. Sie können ganz beruhigt sein."

Es ist nicht der Zeitpunkt oder ihre Aufgabe, dem Patienten die volle Wahrheit zu sagen. Die erfährt Jakob später. Vom Chefarzt. Er bringt sie ihm so schonend wie möglich bei. Erklärt ihm erst, welche inneren Verletzungen er davon getragen hat. Wie viele Knochenbrüche. Und dann kommt das Schlimmste.

„Sie haben bei dem Unfall auch ihren linken Arm verloren."

Jakob versucht, zu begreifen, was ihm der Arzt sagt. Sein linker Arm? Weg? Er kann es nicht nachvollziehen. Noch nicht. Auf Grund der vielen Verbände und Schienen kann er sich kaum bewegen. Und durch die Medikamente hat er keine Schmerzen. Seine Wahrnehmungen sind gestört. Er kann seinen Körper nicht fühlen.

Der Arzt erläutert: „Die Rettungsmannschaften haben getan, was sie konnten. Der Notarzt hat allen gesagt, wie wichtig es sei, den Arm so schnell wie möglich zu finden. Dann hätten wir ihn wieder annähen können. Polizei, Bergungstrupp, alle haben fieberhaft gesucht. Vergebens. Schließlich mußten sie die Suche abbrechen. Es war ja katastrophales Wetter in der Nacht. Aber auch am nächsten Morgen, als sich der Sturm gelegt hatte, und die Suche fortgesetzt werden konnte, hat man den Arm nicht mehr gefunden ..."

Nach dieser entsetzlichen Nachricht durchlebt Jakob eine unwirkliche Zeit. Dem Schock folgt ein Trancezustand. Tage vergehen, ohne daß er die Tatsache begreifen, geschweige denn akzeptieren kann. Er verdrängt den Gedanken, nur noch einen Arm zu haben. Das gelingt anfangs auch ganz gut. Dann wird es mit jedem Tag schwieriger.

Er ist auf dem Weg der Besserung. Hat die Intensivstation verlassen können. Liegt jetzt in einem Zweibettzimmer. Das zweite Bett ist frei. Er bekommt keinen Besuch. Ist ganz auf sich gestellt. Verfällt zusehends in Apathie.

Ärzte, Schwestern, Zivildienstleistende - alle bemühen sich um Jakob. Das ist ihm lästig. Um ihr gutes Zureden, ihre Anteilnahme loszuwerden, gibt er sich aufgeschlossen. Ringt sich positives Verhalten ab. Wenn jemand ins Zimmer kommt.

Seine Kommentare auf die Fragen nach seinem Befinden sind immer gleich: „Mir geht es gut ... Danke der Nachfrage ... Ich kriege das schon hin ... Wird schon werden ... Ich brauche nichts, vielen Dank ...“

Sobald er wieder allein ist, fällt er zurück in seine Teilnahmslosigkeit. Verweigert das Leben.

Für mich, als Jakobs Teufel, hat sich eine ganz neue Situation ergeben. Ich sehe eine Chance, das Gute in ihm zu zerstören. Mit Hilfe der Schmerzen. Ich habe mein Versteck verlassen. Bisher war Jakob nie ernsthaft krank. Jetzt muß er viel Schmerzen ertragen. Wenn die Wirkung der Tabletten nachläßt. Deshalb habe ich mich in seinem ganzen Körper verteilt. Ich lauere an allen verletzten Stellen. Die noch nicht abgeheilt sind. Ich quäle ihn auf Teufel komm raus. Wie es so schön heißt. Besonders am Stumpf an seinem linken Oberarm. Da habe ich mich festgesetzt. Von hier werde ich nicht mehr weichen. Nie mehr in mein ungeliebtes Versteck zurückkehren. Bis ich mein Ziel erreicht habe: Jakob ins Verderben zu treiben. Ich werde meine satanische Aufgabe erfüllen. Meinem Ruf als Luzifer gerecht werden.

*

„Vor und zurück. Zur Seite und zurück. Hoch und zurück. Und noch einmal: Vor und zurück. Zur Seite ...“

Jakob ist nach monatelangem Aufenthalt im Krankenhaus direkt in eine Rehabilitationsklinik gebracht worden. Die Verletzungen sind gut abgeheilt. Die körperlichen. Wohlgemerkt. Nicht die seelischen.

Den Anordnungen der Therapeutin folgt Jakob widerwillig. Er verweigert die Übungen nicht. Weil er nicht argumentieren möchte. Aber seine innere Einstellung ist unverändert. Er kann sich nicht daran gewöhnen, behindert zu sein. Ein Krüppel. Immer wieder spielt er mit dem Gedanken, seinem Leben ein Ende zu setzen. Aber wie?

Gleichzeitig fürchtet er sich vor dem Gedanken. Er ist im christlichen Glauben erzogen worden. Seine Mutter hat jeden Abend am Bett mit ihm gebetet. Sonntags sind sie regelmäßig in die Kirche gegangen.

Seit er erwachsen ist, lehnt er zwar die Kirche als Institution ab. Und in der Bibel hat er seit seiner Jugend nicht mehr gelesen. Die christlich anerzogene Grundhaltung ist aber geblieben. Daß es einen Schöpfer geben muß, ist für Jakob unumstößlich. Dieses beweist ihm schließlich seine eigene Existenz. Hat er das Recht, sie eigenmächtig zu zerstören?

Jakob wird gepeinigt von Zweifeln. Soll er das neue, schreckliche Leben akzeptieren? Wird er überhaupt damit fertig werden? Seinen Beruf als Optiker kann er ohnehin nicht mehr ausüben. Darüber hat er seinen Arbeitgeber informiert. Gleich zu Beginn. Als ihm der Chefarzt die entsetzliche Mitteilung gemacht hatte.

In seinem Alter umzuschulen und einen Behinderten-Beruf anzustreben, kommt für ihn nicht in Frage. Er kann mit der vorgezogenen Rente und seinen Ersparnissen leben. Das hat er schon durchkalkuliert. Akzeptiert er im Unterbewußtsein doch, daß das Leben weitergeht?

Er weiß natürlich auch, daß es viel schlimmer hätte ausgehen können. Besonders, wenn er die Querschnittsgelähmten sieht, die in der Reha versuchen, das neue, schwere Leben zu meistern. Und wenn er an die Fotos von seinem zertrümmerten Auto denkt. Die ihm der Polizist im Krankenhaus gezeigt hatte. Dann weiß er, daß er eigentlich dankbar sein muß. Anstatt mit seinem Schicksal zu hadern.

„Daß Sie das überlebt haben, grenzt an ein Wunder“, hatte der Beamte gesagt. „Ich habe ja schon viel gesehen in meinem Beruf. Aber als ich in dieser Nacht an den Unfallort kam, habe ich nicht geglaubt, daß ich Sie noch einmal so lebendig vor mir sehen würde.“

Als Jakob vernehmungsfähig war, hatte ihn der Beamte im Krankenhaus besucht, um ein Protokoll anzufertigen. Um festzustellen, wie es zu dem Unfall gekommen war. Ob eventuell Fremdverschulden und Fahrerflucht vorlagen. Jakob konnte dazu ebensowenig sagen, wie der Zeuge, der die Polizei verständigt hatte.

Anhand der spärlichen Angaben wird der Ablauf des Unfalls wie folgt in der Akte festgehalten:

„... Jakob Buschmann ist durch eine nicht näher zu bestimmende Ursache von der Bundesstraße abgekommen. Vermutlich wurde ihm beim ersten Aufprall der linke Arm in der Mitte des Oberarms abgetrennt. Das Fahrzeug überschlug sich mehrmals, in dessen Folge J. B. aus dem Wagen geschleudert wurde. Der Schwerverletzte wurde ca. 15 Meter unterhalb der Bundesstraße geborgen. An dieser Stelle stehen ein alter, knorriger Birnbaum und eine Aussichtsbank. Das Fahrzeug lag ca. 30 Meter unterhalb der Straße.

Der abgetrennte linke Arm des J. B. wurde trotz intensiver Suche weder in der Unfallnacht noch am folgenden Tag gefunden. Es muß davon ausgegangen werden, daß der Arm von Tieren verschleppt wurde. Verschwunden ist auch ein sogenannter amerikanischer College-Ring mit einem roten Stein. Laut Aussage trug J. B. den Ring am linken Ringfinger. Die Armbanduhr des Unfallopfers wurde zwischen Birnbaum und Bank sichergestellt und zusammen mit anderen Gegenständen (s. Liste) retourniert ...“

*

Jakob Buschmann hat sich in das Unausweichliche gefügt. In sein Leben danach. Er ist wieder daheim.

Hier wird ihm erst richtig bewußt, wie schwer der Alltag zu bewältigen ist. Er fällt von einer Verzweiflung in die nächste. Dennoch. Dank seiner praktischen Veranlagung lernt er, sich mit einer Hand an- und auszuziehen, Knöpfe zuzumachen. Dosen, Tuben, Gläser öffnet er, indem er sie zwischen die Oberschenkel klemmt. Er nimmt seine Zähne zu Hilfe. Stellt seine Garderobe um. Trägt vorwiegend Pullover und T-Shirts. Kauft Schuhe mit Klettverschluß. All das bewältigt er halbwegs.

Zwei große Probleme bekommt er nicht in den Griff: Seine Psyche und die Phantomschmerzen. Letztere plagen ihn immer stärker. Er bekommt regelmäßig Anfälle. Um den subjektiven Schmerz in dem nicht mehr vorhandenen Arm zu bekämpfen, hat er sich angewöhnt, mit der rechten Faust gegen den Türrahmen zu schlagen. Das hilft etwas. Zumindest jetzt noch.

Verzweiflung und Zorn überkommen ihn, wenn er den leeren Hemd-, Pullover-, Jackenärmel an sich baumeln sieht. Ekel vor sich selbst überfällt ihn. Wenn sein Blick auf den Stumpf fällt. Er spricht mit seinem Hausarzt darüber.

Der tröstet ihn: „Das wird alles besser, Herr Buschmann, wenn Sie erst einmal eine Prothese haben."

Ein Gedanke, der Jakob nicht positiv stimmen kann. Zumal er sich bis jetzt nicht sicher ist, ob er den künstlichen Notbehelf überhaupt haben will. Zu den Phantomschmerzen hat der Arzt nicht einmal tröstliche Perspektiven anzubieten.

Er erläutert: „Schmerzempfindungen in einem amputierten Körperteil sind ein komplexes psychophysisches Geschehen. Man versucht, mit neurochirurgischen Eingriffen, Linderung zu verschaffen. Leider ist der Erfolg oft nur vorübergehend. Es gibt so viele Gebiete in der Medizin, die der dringenden weiteren Forschung bedürfen. Neben Krebs und Aids. Da wird rund um den Erdball geforscht. Und trotzdem gibt es bisher keinen durchschlagenden Erfolg."

Jakob: „Ich verstehe einfach nicht, wie ich meinen linken Arm und die Hand spüren kann, wenn sie gar nicht mehr da sind. Ich meine schmerzhaft spüren."

„Sie müssen sich das so vorstellen: Der Phantomschmerz entsteht durch die Reizung der noch intakten Erregungsleitungen. Die im Stumpf verbliebenen Nerven, deren Fortsetzung Ihnen jahrelang die Empfindungen aus der Hand und dem Unterarm weitergeleitet haben, vermitteln Ihnen jetzt anfallsweise dieses quälende Schmerzgefühl."

„Gibt es denn gar nichts, was mir helfen könnte? Außer der Operation, die Sie vorhin erwähnten?" fragt Jakob verzweifelt.

„Naja, man kann es mit Nervenstimulation versuchen. Mit einer Neuraltherapie. Oder auch mit Akupunktur. Wie gesagt, das sind Versuche ... Warten Sie mal. Da fällt mir etwas ein."

Der Arzt drückt auf die Taste des Sprechapparates. Sagt in das Mikrophon: „Frau Schwarz, kommen Sie bitte mal?"

Die Sprechstundenhilfe ist sofort zur Stelle: „Ja, Herr Doktor?"

„Ich hatte Ihnen neulich einen Artikel gegeben. Zum Fotokopieren."

Die junge Frau kann sich nicht gleich erinnern.

Der Doktor: „Den über die Musiktherapie. Von einer der Uni-Kliniken."

„Ach ja. Jetzt weiß ich, was Sie meinen. Den habe ich kopiert. Ich hole ihn."

Wenig später bringt die Sprechstundenhilfe zwei kopierte Seiten.

Der Doktor gibt sie Jakob: „Hier, Herr Buschmann. Lesen Sie sich das einmal durch. Sehr interessant. Die Kollegen erproben neue Wege im Zusammenhang mit Schmerzen und Musik. Ich habe dabei gleich an Sie gedacht."

Jakob: „Vielen Dank."

In dem Artikel wird unter anderem beschrieben, wie eine Geigerin am Bett eines Koma-Patienten versucht, mit zarten Violinklängen den Schwerverletzten zu erreichen. In seine Psyche einzudringen. Sie paßt ihr Spiel dem Rhythmus seines Atems an.

Für die junge Musikerin sind die Auftritte in der Uni-Klinik Teil des Praktikums ihres Psychologiestudiums. Sie hat schon über 50 Kranke besucht. Mit ihrer Musik versucht sie, auch Patienten mit starken Schmerzen zu helfen. Ihre Pein zu lindern. Wenn auch nur für kurze Zeit.

Sie spielt vorwiegend Kompositionen von Mozart. Angeblich entspannen die schnellen Wechsel vom Schweren zum Leichten die Patienten am besten.

Jakob, der ohnehin viel und intensiv Musik hört, hat schon gemerkt, daß dies die einzigen Momente sind, in denen er alles vergißt. Auch, daß er behindert ist.

Nach der Lektüre des Artikels setzte er die Therapie gezielt ein. Anfangs funktionierte es auch. Jedesmal, wenn die Phantomschmerzen anfingen, stellte er die Musik an. Immer Mozart. Das Violinkonzert Nr. 3 in G-Dur. Über Kopfhörer flossen die Ströme der Musik intensiv in seinen Körper. Vom zentralen Nervenpunkt aus setzten sich die Schwingungen fort. Bis in die äußersten Nervenspitzen.

Leider hielt die Linderung nur kurze Zeit an. Eines Tages waren sie wieder da. Die Phantomschmerzen. Die Stiche in der linken Hand. Das Brennen. Die Krämpfe.

Jakob hatte wie immer die Kopfhörer auf. Er liebt das dritte Violinkonzert. Kennt es inzwischen auswendig. Entspannt lauscht er dem zweiten Satz. Die Sensitivität seiner Nerven- und Muskelfasern löst sich im Adagio auf. Sein gesamter Hautmantel umhüllt ihn wie schwereloses Filigran.

Dann plötzlich der erste Stich. Jakob wird aus seinem Schwebezustand gerissen. Ein zweiter, kurzer Schmerz. Er dreht die Lautstärke etwas auf. Ein kurzer Kampf beginnt: Schmerzen - die Musik lauter, Schmerzen - die Musik noch lauter ... bis zum Kollaps. Jakob reißt die Kopfhörer ab. Springt auf. Läuft zur Tür. Schlägt mit der rechten Faust gegen den Türrahmen.

Im Armstumpf frohlocke ich, der Teufel: „Gut so, Jakob. Schlag zu! Härter! Nicht von oben. Von der Seite. Es ist dein linker Arm, der schlägt."

Jakob gehorcht. Dreht sich etwas zur Seite. Haut zu.

„So ist's gut. Fester! Fester!"

Jakob schlägt blindwütig auf den Türrahmen ein. Er hat die Kontrolle über sich verloren. Gehorcht der inneren teuflischen Stimme.

„Noch einen kräftigen Schlag! Gut! Jetzt reicht's!"

Jakob bricht erschöpft zusammen. Einige Zeit vergeht. Als er die Augen öffnet, erschrickt er sehr. Seine rechte Faust ist voller Blut. Er kann sich nicht erklären, was geschehen ist. Weiß nur, daß er ausgeliefert ist. Hilflos. Daß ihn eine innere Kraft dazu getrieben hat. Ein Ungestüm, gegen das er sich nicht wehren kann. Sollte es mongolische Vernichtungswut in ihm sein?

Der Anfall wiederholt sich. Immer wieder. In aller Heftigkeit. Jakob ist entsetzt. Fürchtet um seinen Verstand. Und um seine eine Hand, die er noch hat. Die er so dringend braucht. Nicht verletzen darf an dem harten Türrahmen.

Er entschließt sich, einen Sandsack zu kaufen, wie ihn Boxer im Training benutzen. Läßt ihn an der Kellerdecke anbringen. Der Monteur ist ein einfach denkender Mensch. Zudem hat er keine Ahnung von den Hintergründen. Er schaut Jakob leicht amüsiert an.

Sagt: „Das ist mal was neues."

Jakob versteht ihn nicht. „Was meinen Sie?“

„Na, Ihr Training. Da werden wir ja bald den ersten einarmigen Boxkampf erleben.“

Jakob bestürzt: „Sind Sie noch bei Trost?“

Der Monteur merkt, daß das kein guter Witz war.

„Entschuldigung. War nicht so gemeint.“

Jakob hat sich gefangen. „Schon gut. Wo würde ich auch meinen Gegner hernehmen. Oder kennen Sie noch einen einarmigen Boxer?“

Der Monteur kleinlaut: „Nein.“

In aller Absurdität ist der lederne Boxsack eine große Hilfe. Die rechte Faust bleibt unverletzt. Jedesmal wenn Jakob spürt, daß er einen Anfall bekommt, geht er in den Keller. Schlägt mit aller Wucht zu. Immer diagonal von links nach rechts. So, als wäre es sein abgetrennter Arm, der die Fausthiebe ausführt.

*

Eines Tages, an einem Samstagvormittag, besucht ihn sein ehemaliger Tennispartner Dieter. Er steht plötzlich vor der Haustür.

„Ich hab' gedacht, ich schau' einfach mal vorbei. Am Telefon klangst du ja ganz aufgeräumt. Wie geht's inzwischen?“

„Gut. Komm doch rein.“

Sie gehen ins Wohnzimmer.

Jakob: „Wie wär's mit einem Bier?“

„Ist ja eigentlich noch ein bißchen früh dafür ... Aber gut.“

Jakob holt Gläser, Flaschenöffner und zwei Flaschen Bier.

Dieter beobachtet ihn verstohlen. Wie er mit dem einen Arm hantiert. Als Jakob die erste Flasche öffnet, fragt er: „Soll ich helfen?“

„Danke. Geht schon.“

„Ich sehe. Hast schon Übung entwickelt.“

Jakob nimmt sein Glas: „Prost erstmal.“

„Prost! Übrigens, hast du eigentlich noch Schmerzen?“

„Von den allgemeinen Verletzungen nicht. Ich meine, von den Knochenbrüchen und so. Das ist alles gut verheilt. Aber die Phantomschmerzen plagen mich manchmal. Das ist was ganz Verrücktes.“

„Wie meinst du das?“

„Naja, daß man Schmerzen in einem Körperteil verspürt, den man gar nicht mehr hat. Das hätte ich mir vorher nicht vorstellen können.“

„Geht mir auch so. Das kann ich gar nicht richtig mitempfinden ... Daß dir das alles auch passieren mußte. Tut mir wirklich leid.“

„Tja, so geht es im Leben. Plötzlich erwischt es einen. Aber lassen wir das. Wie geht's bei dir? Alles okay?“

„Ja. Doch. Ich kann nicht klagen. Übrigens, hast du dir das mit dem Tennis noch mal überlegt? Wenn ich dich so sehe, bin ich überzeugt, daß du mich auch heute noch schlagen würdest. Du bist doch um Klassen besser als ich.“

„Nee, Dieter. Das ist aus und vorbei. Wirklich. Das will ich nicht mehr.“

„Schade. Ich hätte gern wieder mit dir gespielt. Ehrlich. Ich meine, daß du mit dem Franz nicht mehr spielen kannst, ist klar. Mit dem Super-As! Aber mit mir ...“

„Nein, nein. Wirklich nett von dir. Aber da läuft nichts mehr. Du kannst mich nicht überreden."

„Schade."

„Hast du den Franz mal gesehen?"

„Wir laufen uns hier und da übern Weg. In der Firma. Hat er dich angerufen?"

„Nein. Habe ich auch nicht erwartet. Der ist sicher froh, daß er nicht mehr mit mir spielen muß."

„Das solltest du nicht denken." Dieter schaut auf seine Armbanduhr. „Ich muß langsam los. Bin zum Einkaufen eingeteilt. Mit einer riesigen Liste. Beim Waschpulver angefangen."

„Was ich dir noch sagen wollte. Ich habe mich entschlossen, wieder ein Auto zu kaufen. Ist bei meiner Behinderung kein großes Problem. Die Sonderanfertigung."

„Du, das finde ich prima. Da bist du wieder mobil."

Jakob läßt auch seinen ehemaligen Sportsfreund in dem Glauben, daß es ihm gut geht. Er erzählt ihm nicht, wie schwer es ist, das behinderte Leben zu akzeptieren. Auch zu den massiven Schmerzanfällen, die ihn heimsuchen, äußert er sich nicht näher.

Jakob hat alle möglichen medizinischen Mittel vergebens ausprobiert. Zu den Ärzten hat er kein Vertrauen mehr. Die verfügbare Fachliteratur hat er gelesen. Er ist am Ende seiner Weisheit. Die Armprothese, die er sich hat anpassen lassen, liegt meistens im Schrank. Ungenutzt. Er weiß nicht, was ihn mehr abstößt: Das leblose Ersatzstück oder der häßliche Armstumpf.

Nun setzt er seine ganze Hoffnung auf das neue Auto. Glaubt noch einmal an eine Erleichterung seiner Lage. Eine bessere Lebensqualität. Daß er die Depressionen und Phantomschmerzen doch noch abschütteln oder zumindest in den Griff bekommen kann.

Diese Hoffnung erfüllt sich auch zunächst. Die ersten Autofahrten versetzen ihn in einen wahren Freudentaumel. Er, Jakob Buschmann, fährt wie alle anderen durch die Straßen. Ist einer von ihnen. Fühlt sich nicht mehr ausgegrenzt. Auch die Handhabung des eigens für seine Behinderung umgebauten Fahrzeugs fällt ihm nicht schwer. Alles scheint wie früher. Er hat das Auto auch genauso eingerichtet, wie sein altes: Neben Warndreieck und Erste-Hilfe-Kasten, Landkarten, Werkzeugtasche, Überlebensdecke aus Goldfolie, Taschenlampe und Fahrtenmesser. Letzteres führt er immer mit sich.

Jeden Morgen setzt er sich ans Steuer. Gleich nach dem Frühstück. Fährt stundenlang durch die Gegend. Ist stolz, wenn Autofahrer zu ihm herüberschauen. Nicht sehen, daß er behindert ist. Er ist ausgeglichen und zufrieden. Sein bescheidenes Glück währt ein paar Wochen.

Eines Tage lenkt er sein Fahrzeug an die Stelle, wo der Unfall passiert ist. Bisher hat er einen Bogen darum gemacht. Aus Furcht. Vielleicht. Doch jetzt will er den Ort sehen. Der ihm zum Verhängnis geworden ist.

Er findet ihn schnell. Parkt das Auto am Straßenrand. Klettert den Abhang hinunter. Setzt sich auf die Bank neben dem Birnbaum. Schaut ins weite Land. Es ist ein abgelegener Aussichtspunkt. Ein schmaler Trampelpfad führt von unten herauf. Bis an diese Stelle.

Jakob läßt sein Leben Revue passieren. Er denkt an seine frühe Kindheit in Schlesien. An seine Mutter. An die Lehrjahre. Die verschiedenen Arbeitsstellen und Kolleginnen und Kollegen, die er geschätzt hat. An die diversen Wohnorte. Und an die Liebschaften ... Alles vorbei. Tempi passati!

Er sackt in sich zusammen. Mit eingefallenen Schultern sitzt er da. Ein vom Schicksal gezeichneter Mensch.

Vorbei auch die Freude über und mit dem neuen Auto.

Dieser Abhang, an dem er ins Verderben gestürzt ist, führt ihn zurück in die Ausweglosigkeit.

Hierher wird er zurückkehren. Immer wieder. Bis dieser Ort ein zweites Mal zur Bühne seines Lebensdramas werden wird.

*

Der Herbst kündigt sich an. Die ersten Blätter fallen. Jakobs Tage werden trostloser. Zwar hört er täglich Musik. Vor allem sein Lieblingskonzert von Mozart. Fährt mit dem Auto durch die Gegend. Aber Seelenfrieden oder gar Freude kommen nicht mehr auf. Im Gegenteil. Haß macht sich breit. Geschürt vom Teufel. Der das Gute in ihm systematisch zerstört. Der ihn beherrscht während der Schmerzanfälle. Der allmählich auch seinen Alltag diktiert.

Im Supermarkt flüstert er: „Siehst du all die Leute hier? Guck sie dir genau an. Die haben alle noch beide Arme. Beide Hände. Mit denen sie hantieren können. Aber du? Du bist ein Krüppel. Sieh nur, wie sie dich anschauen."

Oder in der Küche: „Warum willst du dir was kochen? Essen? Das brauchst du nicht. Du siehst doch, wie beschwerlich es ist, mit der einen Hand was zu machen."

Wenn Jakob sein Haus in Ordnung bringen will, befiehlt er diabolisch: „Laß den Dreck liegen! Wozu putzen? Rühr den Staubsauger nicht mehr an! Verstanden?"

Jakob gehorcht. Er magert ab. Verwahrlost allmählich. Immer öfter treiben ihn die Phantomschmerzen in den Keller. Er schlägt gewaltsamer und härter gegen den Sandsack. Bleibt danach geistesabwesend am Boden liegen. Gekrümmt. Der leibhaftige Teufel wütet in ihm. Hat ihn zu seinem Werkzeug gemacht.

Wenn Jakob Menschen begegnet, sieht er ihnen nicht mehr in die Augen. Er starrt gebannt auf ihre Hände. Ein Zwang, den er nicht mehr los wird.

Schließlich lenkt er seinen Wagen auch nur noch in eine Richtung: Zum Unfallort. Er sitzt auf der Bank neben dem Birnbaum. Zu allen möglichen Tageszeiten. Sieht die Morgennebel steigen. Läßt sich von der Sonne bescheinen. Vom Regen durchnässen. Die Dämmerung über sich hereinbrechen.

Niemand bemerkt, was mit Jakob Buschmann passiert. Luzifer hat leichtes Spiel.

Eines Tages kommt es zu einem weiteren dramatischen Höhepunkt. Jakob ist wie so oft zur Unfallstelle gefahren. Bevor er den Abhang hinunterklettert, steckt er sein Fahrtenmesser, das er immer im Auto hat, ein. Unbewußt.

Er sitzt auf der Bank neben dem Birnbaum. Schaut apathisch in die Landschaft. Es weht ein empfindlich kalter Herbstwind.

Seine Phantomschmerz-Anfälle hat er bisher immer zu Haus bekommen. Hat sie im Keller überstanden.

Jetzt spürt er die ersten Anzeichen hier im Freien. Es bleibt ihm keine Zeit, zum Auto zurückzugehen. Heimzufahren. Wie der Blitz fährt Luzifer durch seinen ganzen Körper.
Befiehlt: „Steh auf! Geh zum Birnbaum!"

Jakob gehorcht willenlos.

„Nimm das Messer!
Stich zu!
In die Rinde!
In den Stamm!
Fester!
Der Baum ist dein Feind!
Mach ihn kaputt!
Mach ihn zum Krüppel!"

Krüppel ... Krüppel ... Krüppel ... dröhnt es in Jakobs Kopf. Bis ihm das Hirn zu platzen droht.

Plötzlich, wie er begonnen, hört der Spuk auf. Jakob bricht neben dem Birnbaum zusammen. Besinnungslos.

Als er wieder aufwacht, ist er steif vor Kälte. Das Blut an seiner verletzten Hand ist geronnen. Er weiß nicht, wie lange er auf dem kalten Boden gelegen hat. Mühsam schleppt er sich zu seinem Auto zurück. Er hat nur einen Gedanken: Warum bin ich nicht erfroren? Allmächtiger, warum hast du mich nicht sterben lassen?

Sofort rührt sich der Satan in ihm: „Hör auf mit deinem Allmächtigen. Das macht mich verdammt wütend. Fuchsteufelswild. Ich bin dein Herr. Hier befehle ich. Ich bestimme, wann du stirbst. Du gehörst mir. Mir ganz allein. Für immer."

*

Nach dem Verkehrsunfall ist Jakob nie mehr in seiner Stammkneipe gewesen. Aus Scham. Wegen seiner Behinderung.

Auch die Großstadt hat ihn nicht mehr gereizt. Nur anfangs, als er das neue Auto bekam, ist er noch ein- zweimal dort gewesen. Ist ziellos herumgefahren. Ohne auszusteigen.

Eines Tages liest Jakob auf einem Plakat, daß in der Philharmonie ein Konzert gegeben wird. Eine Matinee. Nur mit Werken von Mozart. Unter anderem auch das Violinkonzert Nr. 3. Sein Lieblingskonzert. Solistin: Tai Li Wang.

Das gibt ihm Auftrieb. Er entschließt sich, hinzufahren. Am Sonntagmorgen. Und er hat Glück. In der ersten Reihe ist noch ein Platz frei.

Nach der Pause kommt das Violinkonzert Nr. 3. Darauf hat er besonders gewartet. Tai Li Wang betritt die Bühne. Mit ihrer Geige. Applaus. Die kleine, zierliche Asiatin verbeugt sich. Ihr schwarzes Haar glänzt im Licht der Scheinwerfer. Jakob ist wie elektrisiert.

Das Allegro. Die so bekannten Eröffnungsklänge. Tai Li Wang setzt die Geige an. Ihr Körper spiegelt ein Höchstmaß an Konzentration wider. Die ersten Soli. Jakob starrt gebannt auf ihre linke Hand. Plötzlich durchströmt ihn ein warmes Gefühl. Es ist seine verlorene Hand, die mit Tai Li Wangs Hand verschmilzt. Über die Saiten streicht. Tanzt. Rhythmus, Harmonie, Tempo der Melodie bestimmt.

Dann das Adagio. Eines der zärtlichsten, das je geschrieben wurde. Die gedämpften Streicher, die den Kantilenen der Solo-Violine Freiraum lassen. Zur vollen Entfaltung.

Jakob hat das Gefühl, daß es seine Antriebskräfte aus dem Ellenbogen, dem Handgelenk und den Fingern sind, die die Töne hervorzaubern. So wunderbare Klänge der Geige entlocken. Es scheint, als hätte er nie Phantomschmerzen in diesem Arm, in dieser Hand gehabt. Er ist zum Geiger geworden. In Gestalt Tai Li Wangs. Mit der er sich verbunden fühlt. Ohne sich wieder lösen zu können.

Nach der langen, qualvollen Zeit will er das soeben erlebte Glücksgefühl festhalten.

Wie magisch angezogen, geht er nach dem Konzert zum Bühnenausgang. Dort wartet er, bis Tai Li Wang mit ihrem Geigenkasten herauskommt. Sie ist in Begleitung einiger junger Musiker. Sie gehen gemeinsam die Straße entlang. Unterhalten sich angeregt.

Jakob verfolgt die Gruppe. Ohne daß es jemand bemerkt.

An der Kreuzung sagt Tai Li Wang: „Ich muß jetzt da lang. Zum Taxistand. Auf Wiedersehen.“

Kurz nachdem sich die Geigerin von den anderen getrennt hat, macht Jakob ein paar schnelle Schritte. Tritt neben sie und sagt: „Du hast wunderbar gespielt.“

Tai Li Wang weicht bei der plötzlichen Anrede zur Seite: „Haben Sie mich erschreckt.“

„Tut mir leid. Das wollte ich nicht. Weißt du, daß ich mit dir gespielt habe? Ich kenne das Stück auswendig. Wir haben gemeinsam gespielt. Du und ich.“

Tai Li Wang bleibt erstaunt stehen. „Wie bitte?“

„Ich habe mit dir gespielt. Hast du es nicht gemerkt? Ich saß in der ersten Reihe. Du mußt mich doch gesehen haben.“

Tai Li Wang sieht Jakob an. Sagt verwundert: „Nein. Ich habe Sie nicht gesehen. Wer sind Sie?“

Jakob übergeht die Frage. Packt die Geigerin fest am Arm. So fest, daß sie sich nicht befreien kann.

„Komm mit zu meinem Auto. Du brauchst keine Angst zu haben. Ich tue dir nichts. Du mußt nur für mich spielen. Damit ich mitspielen kann.“

Tai Li Wang versucht, sich aus der Umklammerung herauszuwinden. Der Geigenkasten fällt zu Boden.

Jakob: „Paß doch auf. Unsere kostbare Geige.“

Sie öffnet den Mund, um zu schreien.

„Tu das nicht. Heb die Geige auf!“

Tai Li Wang gehorcht. Sie hebt den Geigenkasten auf. Voller Angst fragt sie: „Was wollen Sie von mir?“

„Das habe ich dir doch gesagt. Du sollst für mich spielen. Für mich ganz allein. Hörst du? Und ich spiele mit. Mit meiner linken Hand. Dann spüre ich keine Schmerzen mehr. Nur du schaffst das. Du bist mein rettender Engel.“

Tai Li Wang weiß, daß sie einem Wahnsinnigen in die Hände gefallen ist. Sie leistet keine Gegenwehr. Geht mit zum Auto.

Jakob fährt bis zu der Stelle, wo der Unfall geschehen ist. Auf der Fahrt wiederholt er immer wieder: „Du mußt spielen. Wir müssen spielen. Gemeinsam. Alle Qual abschütteln. Schweben. Nur noch schweben ..."

Tai Li Wang wagt nicht, zu ihm hinzuschauen. Preßt voller Angst den Geigenkasten an ihre Brust. Sagt kein Wort.

An der Unfallstelle angekommen, steckt Jakob das Fahrtenmesser ein. Unbewußt. Wie beim ersten Mal. Nach dem Aussteigen nimmt er den Geigenkasten. Dirigiert sie den Abhang hinunter. Vor Angst stolpert sie. Rutscht ein paar Meter.

Jakob: „Vorsichtig. Du darfst dich nicht verletzen."

Tränen laufen ihr über die Wangen.

„Weine nicht. Du sollst nur spielen. Da, auf der Bank. Setz dich."

Er gibt ihr den Geigenkasten. Bleibt neben der Bank stehen. Sagt: „Ich will wieder glücklich sein. Wie vorhin im Konzertsaal. Schnell. Laß mich deine Geigenklänge hören."

Tai Li Wang öffnet mit zittrigen Händen den Geigenkasten. Holt die Geige heraus. Sie sieht ihren Entführer verängstigt an. Durch den Tränenschleier wirkt sein Gesicht verzerrt. Er steht übermächtig da. In der Hoffnung auf Glückseligkeit.

Befiehlt: „Spiel!"

„Was?"

„Das Adagio. Ja, das Adagio."

Tai Li Wang setzt die Geige an. Formt Kopf und Hals zu einer Mondsichel. Die ersten Klänge. Sie spielt mit einer bisher nie erreichten Perfektion.

Jakob: „Wunderbar ...“

Er geht um die Holzbank herum. Bleibt halb links hinter der Geigerin stehen. Starrt gebannt auf ihre Hand. Sie wird immer größer. Agiert überdimensional vor seinen Augen. Wie durch eine riesige Lupe. Der Trick mit der Musik funktioniert ein letztes Mal.

Tai Li Wangs Hand wird wieder zu seiner eigenen. Er befindet sich nicht mehr in dieser Welt. Nein. Er, Jakob Buschmann, ist in eine magische Welt eingetaucht. Voller Glück und Seligkeit.

Tai Li Wang wagt nicht, das Spiel abzubrechen. Sie ahnt, daß sie um ihr Leben spielt. Es wird langsam dunkel. Und es ist empfindlich kalt. Die Kälte kriecht in ihre Hände. Nimmt ihr die Beweglichkeit. Ihre Finger werden steif. Ihr Spiel verlangsamt sich. Verliert an Schönheit und Kraft. Hält Jakob nicht mehr in seiner Zauberwelt gefangen. Beendet seinen Traum. Zerstört sein kurzes Glück. Er stürzt in alle Tiefen.

Tai Li Wangs spielende Hand ist verschwunden. Aus seinem Blick. Die Töne verstummt. Statt dessen hört er ohrenbetäubenden Lärm. Ist in einen Alptraum geglitten: Da sind zwei Fahrstühle. In einem saust er nach unten. Im anderen kommt Luzifer nach oben. Seinen abgetrennten Arm schwingend. Als er an ihm vorbeifährt, wirft er ihm den Arm zu.

Hämisch grinsend ruft er: „Hier. Jetzt ist es soweit. Nimm dein Messer! Töte sie!“

Jakob gehorcht. Willenlos. Er nimmt das Messer. Schon der erste Stich trifft die Halsschlagader. Tödlich.

Tai Li Wangs Hand, die die Violine fest umklammert, sinkt leblos auf die Bank. Aus dem Klangkörper dröhnen letzte Töne.

Dann dringt das scharfe Messer in den Arm und in die Hand. Immer wieder. Die Einstiche sind so, als wären sie von einem

Linkshänder ausgeführt worden. Jakob hat Perfektion erreicht. Eine ungewollte Irreführung der Kriminalpolizei?

Der Teufel hat ihm den Verstand geraubt. Hat ihn zum Schlimmsten getrieben. Zum Mörder gemacht.

Schließlich bricht Jakob über der Banklehne zusammen.

Im selben Augenblick fährt eine Sturmböe in die Zweige des Birnbaums. Der verlorene linke Arm - inzwischen skelettiert - fällt auf ihn herab. Jakob sieht ihn nicht.

Die ganze lange Zeit hat der Arm in einer Astgabel gehangen. Verdeckt von Zweigen und Blättern. Er war bei dem Unfall in die Höhe geschleudert worden. Deshalb hatten ihn Polizei und Suchtrupp nicht gefunden. Jetzt, nachdem die Blätter gefallen sind, hat der Baum sein grausiges Geheimnis freigegeben. Am Ringfinger der knöchernen Hand steckt noch der College-Ring mit dem Violinschlüssel. Eingraviert in den roten Stein. Ring und Knochen bleiben am Tatort zurück.

Als Jakob aus seiner Ohnmacht erwacht, ist er starr vor Entsetzen. Er kann nicht begreifen, was geschehen ist. In der schrecklichen Erkenntnis, daß er Tai Li Wang getötet haben muß, flieht er. Panikartig.

*

Die Leiche bleibt zwei Tage unentdeckt. Bis sie von einem Forstarbeiter gefunden wird.

Die Kriminalpolizei ist vor Ort. Selbst die Beamten, die einiges gewohnt sind, sind bestürzt über das Verbrechen. Über die Brutalität, mit der die Tat ausgeführt wurde.

Der Kriminalhauptkommissar betrachtet die vielen Einstiche.

„Die sind ja kaum zu zählen."

Sein Kollege, vom Rang Kriminalkommissar, ist dazu getreten. Er sagt: „Da werden wir sicher eine zweistellige Zahl hören von der Gerichtsmedizin."

Er hebt zwei Plastiktüten mit dem College-Ring und den Knochen hoch. Fährt fort: „Wenn ich mich recht erinnere, hat's hier an der Stelle vor einiger Zeit einen Verkehrsunfall gegeben. Da ging es um einen abgetrennten Arm, der spurlos verschwunden war. Und da war auch die Rede von so einem Ring. Kannst du dich erinnern?"

„Jetzt, wo du es sagst. Aber was soll das mit dem Mord zu tun haben?"

„Keine Ahnung. Querverbindungen gibt's immer. Das weißt du besser als ich."

Der Hauptkommissar kombiniert: „Nehmen wir einmal an, der Ring und die Knochen stammen von dem Verkehrsopfer damals. Dann ist der Mann an den Ort des Geschehens zurückgekehrt ..."

„... und hat die Frau umgebracht."

„Die zufällig hier in der Landschaft rum saß und Geige geübt hat? Bei der Kälte? ... Quatsch. Das macht keinen Sinn. Außerdem, mein Lieber, ein *Täter* kommt zurück an den Tatort, nicht das Opfer. Selbst wenn es so gewesen wäre, hätte der Mörder seinen verwesten Arm und den Ring am Tatort gelassen? Sozusagen als Visitenkarte für uns? Nee, nee. Das ist zu makaber. So was gibt's nicht."

Der Kollege: „Nenn mir was, das es nicht gibt."

„Gut. Dann kannst du mir sicher auch sagen, wo er den Ring her hat. Und den Arm. Nach denen der Suchtrupp alles umgedreht hat. Soweit ich mich erinnere."

„Danach könnte der Mann später gesucht haben. Mit mehr Erfolg als die Kollegen von der Bepo."

Der Hauptkommissar: „Vielleicht sind Arm und Ring ja auch ganz einfach vom Himmel gefallen."

Die beiden Beamten schauen instinktiv nach oben. In dem Moment haben sie den gleichen Gedanken. Der Kommissar schlägt sich mit der flachen Hand an die Stirn.

„Natürlich. Der hat da oben gehangen. Im Baum. In einer Astgabel. Verdeckt von den Blättern."

Der Hauptkommissar: „Kein Wunder, daß der Arm wie vom Erdboden verschwunden war. Betonung auf Erdboden."

„Glaubst du, daß wir damit unseren Täter haben?"

„Nicht zu voreilig, mein Lieber. Erst müssen wir mal prüfen, ob der Ring tatsächlich dem Verkehrsopfer gehört. Und was uns die Spurensuche sonst noch bringt. Nicht zu vergessen, das Ergebnis der Gerichtsmedizin. Wer weiß, was da noch alles zutage kommt."

Die Presse berichtet ausführlich über den brutalen Mord an der Geigerin Tai Li Wang. Und bittet im Namen der Polizei wie üblich um Mithilfe bei der Aufklärung des Verbrechens. Der Rücklauf ist spärlich. Bis auf zwei ernstzunehmende Zeugen. Sie wollen an der Straße oberhalb des Tatorts einen dunkelblauen Pkw gesehen haben. Allerdings nicht am Tattag. Auch zur Automarke oder zu Details können sie keine näheren Angaben machen.

Als die Kripo-Beamten den Obduktionsbefund auf den Tisch bekommen, erfahren sie eine Besonderheit. Die ihnen die Fahndung erleichtern könnte. Respektive den Kreis der Täter eingrenzt.

Der Hauptkommissar liest den Bericht zuerst. Plötzlich unterbricht er. Sagt zu seinem Kollegen: „Das ist ja interessant. Der Täter ist Linkshänder. Eindeutig. Bei den vielen Einstichen gibt's keinen Zweifel."

„Und die Knochen von dem Arm? Sind die von einem rechten?“

Der Hauptkommissar überfliegt den Bericht. „Das ist anscheinend noch nicht untersucht worden.“

Sein Kollege: „Also, wenn das Verkehrsopfer seinen rechten Arm verloren hat, haben wir unseren Täter.“ Er greift zum Telefon: „Soll ich noch mal mit den Kollegen von der Schupo sprechen? Das muß ja im Protokoll stehen.“

„Nein, laß nur. Wir überzeugen uns selbst vor Ort. Außerdem möchte ich genau wissen, ob der Ring dem Unfallopfer gehört. Name und Adresse hast du?“

„Ja.“

Der Kommissar greift zum Ablagekorb. Fischt einen Zettel heraus. „Hier. Jakob Buschmann, Optiker ...“

Der Hauptkommissar: „Gut, Dann wollen wir mal.“

*

Jakob Buschmann hat die ersten 24 Stunden nach dem Mord wie in einem Delirium verbracht. Danach bessert sich sein Zustand etwas. Als die Kriminalbeamten an seiner Tür klingeln, ist er halbwegs ansprechbar.

„Kriminalpolizei. Sind Sie Herr Buschmann?“

„Ja.“

„Dürfen wir hereinkommen?“

„Bitte.“ Jakob ist nicht erstaunt über das Erscheinen der Kripo. Er rechnet mit seiner Verhaftung.

Die Beamten, die hinter Jakob ins Haus gehen, schauen sich enttäuscht an. Natürlich haben sie sofort gesehen, daß Buschmanns linker Arm fehlt. Er kann also nicht der Täter sein. Er kann keinen Mord begangen haben mit einer Hand, die er nicht mehr besitzt. Dennoch machen sie eine Befragung.

Nachdem sie Platz genommen haben, holt der Hauptkommissar den College-Ring aus seiner Jackentasche.

Er fragt: „Ist das Ihr Ring?"

Jakob, sichtlich erstaunt: „Ja. Wo haben Sie den her?"

„Den haben wir gefunden."

Der Kommissar fährt erklärend fort: „An der Stelle, wo Sie den Autounfall hatten. Übrigens, fahren Sie wieder Auto?"

„Ja."

Jakob antwortet seiner Verfassung entsprechend knapp.

„Was für eine Farbe hat Ihr Wagen?"

Er versteht nicht gleich. Fragt: „Was?"

Der Kommissar wiederholt: „Die Farbe Ihres Autos."

„Blau. Dunkelblau."

Die Beamten sehen sich vieldeutig an. Der Kommissar etwas leise zu seinem Kollegen: „Das jedenfalls würde sich decken."

Der Hauptkommissar schlägt die Augen zur Zimmerdecke. Er will damit andeuten: „Weißt du nicht, wieviel dunkelblaue Autos herumfahren?"

Jakob betrachtet immer noch ungläubig seinen Ring. Er hält ihn so, daß er den Violinschlüssel in dem roten Stein sieht. Wehmut überkommt ihn. Für einen kurzen Moment erscheint ihm Tai Li Wangs Gesicht. Ihre Hand. Hört er ihre Geigenklänge. Seine Augen füllen sich mit Tränen.

Die Beamten deuten seine Rührung falsch. Denken, daß er glücklich ist, seinen Ring wiederbekommen zu haben.

Jakob sagt: „Das ist ein ganz besonderer Ring. Im Stein ist ein Violinschlüssel."

Der Kommissar kurz: „Haben wir gesehen."

Der Hauptkommissar fragt: „Waren Sie irgendwann noch einmal an der Unfallstelle?"

Jakob: „ Ja."

„Haben Sie nach dem Ring gesucht?"

„Nein."

„Was haben Sie denn da gemacht?"

„Ich habe auf der Bank gesessen."

„Einfach so?"

„Ja."

„Da ist vorgestern eine Frau umgebracht worden. Eine asiatische Geigerin. Genau an der Stelle. Wissen Sie das?"

Jakob antwortet wahrheitsgetreu: „Ja."

Der Beamte unterstellt, daß er es aus der Zeitung weiß.

„Hat ja auch überall gestanden. In jedem Blatt."

Darauf gibt Jakob keine Antwort. Er ist verwirrt. Versteht nicht, warum die Männer all die Fragen stellen. Anstatt ihn festzunehmen.

Die Kripo-Beamten gehen davon aus, daß sie einen etwas verwahrlosten Sonderling vor sich haben. Nicht aber den Mörder von Tai Li Wang. Daß sie weiter suchen müssen nach dem linkshändigen Täter.

Jakob hält den College-Ring etwas hoch. Fragt: „Darf ich ihn behalten?"

Der Hauptkommissar enttäuscht und leicht genervt: „Natürlich. Er gehört Ihnen doch."

Sein Kollege: „Um die Antwort auf Ihre Frage von vorhin zu ergänzen: „Wir gehen davon aus, daß Ihr Arm bei dem Verkehrsunfall in den Baum geschleudert wurde. Wir haben nämlich nicht nur den Ring, sondern auch die Knochen gefunden. Sie sind erst jetzt, mit den welken Blättern heruntergefallen."

Die Kripo-Beamten stehen auf.

Der Hauptkommissar: „Das wär's dann." Sie gehen zur Tür. Verabschieden sich. „Auf Wiedersehen, Herr Buschmann."

Jakob antwortet mit einem leisen »Ja«.

Er schließt die Tür hinter ihnen.

Die Beamten wissen nicht, daß sie dem Mörder gegenüber gestanden haben. Daß sich soeben die Tür zur Aufklärung des Mords an Tai Li Wang geschlossen hat. Für immer. Gemäß Aktenlage werden sie weiter nach einem Linkshänder fahnden. Ohne Ergebnis. Und ohne herauszufinden, daß sie getäuscht wurden. Daß Phantomschmerzen einen Mann zu einem Mord getrieben haben. Gegen seinen Willen. Zu einem nicht nachweisbaren Mord. Ausgeführt durch den perfekten Gebrauch einer nicht vorhandenen Hand.

Wer ist der Mörder? Auf der Akte wird wieder einmal der Vermerk sein: UNGEKLÄRT!

*

Jakob Buschmann kann jedenfalls nicht mehr zur Rechenschaft gezogen werden.

Nachdem die Beamten gegangen waren, blieb ein völlig verstörter Mensch zurück. Ein Mörder, der nicht begreifen kann, warum man ihn nicht festgenommen hat. Der seine Tat büßen will.

Selbst das bleibt Jakob verwehrt. Den nächsten Anfall überlebt er nicht. Die Phantomschmerzen greifen plötzlich an. In nicht zu ermessender und zu ertragender Heftigkeit.

Gepeinigt und bis ins Innerste verwirrt, gehorcht er willenlos, als das Böse in ihm überhand nimmt.

Luzifer gibt die letzten Befehle:

„Geh in den Keller, Jakob!
Nimm die Holzkiste!
Stell sie neben den Boxsack!
Hol den Strick!
Mach eine Schlinge!
Lege sie um den Hals!
Steig auf die Kiste!
Häng den Strick in den Haken!
Gut so, Jakob. Und jetzt:
Stoß die Kiste weg!"

Jakob Buschmann ist sofort tot. Der Teufel hat gesiegt.

2. Novelle

Rubel für ein geraubtes Herz

Lebensbild

Im schwachen Licht der Dämmerung,
der Unschuld weißes Kleid,
kein Argwohn, nur Begeisterung,
zum Leben nun bereit.
- Oh Herz, beginn zu schlagen. -

Noch alles neu im weiten Land,
ganz ungestüm und wild,
so vieles fremd und unbekannt,
im jungen Lebensbild.
- Ach Herz, wirst viel ertragen. -

Denn nicht nur Freude, Sonnenschein,
im Labyrinth-Geflecht,
des Alltags Sorge, Angst und Pein,
gar manches ungerecht.
- Doch Herz, vergiß das Klagen. -

Schon bald erneut die Dämmerung,
des Märchens Zauberflug,
es war einmal, Erinnerung,
das Leben nur ein Trug.
- Ja Herz, du mußt verzagen. -

Ich wohne in Schottland. In einem Haus. In einem Zimmer. In Kimberlys Zimmer. Ich wohne *in* Kimberly.

Ich bin Kimberlys Herz. Ihre Seele. Ihr Seelenherz. Seit 16 Jahren. Ich erzähle Kimberlys Lebensgeschichte. Es ist auch die meine.

Kimberly feiert heute ihren 16. Geburtstag. Sie ist ein echtes Schottenmädchen. Hat leuchtend rotes Lockenhaar. Ich weiß alles über sie. Von klein auf. Sie hingegen ist sich meiner noch nicht recht bewußt geworden. Nicht konkret jedenfalls. Sie hat bisher nicht erkannt, daß ich ihr das Leben schenke. Täglich. Stündlich. Jede Minute. Jede Sekunde. Mit jedem Schlag. Und ich schlage gern für meine junge Freundin. Sehr gern sogar. Ich liebe mein Zuhause. In Kimberly. Kenne kein anderes. Habe noch keinen Vergleich. Bis jetzt. Aber das wird kommen. Später. Wenn meiner Kimberly gewaltsam das Leben genommen wird.

Wir werden auseinander gerissen. Eines Tages. Kimberly, ich und unsere Seele.

Aber noch sind wir zusammen. Und glücklich. Besonders heute, an unserem 16. Geburtstag.

*

Es ist kurz nach halb vier Uhr nachmittags. An einem Donnerstag im späten April. Kimberly steht am Fenster im Wohnzimmer. Schaut hinaus. John und Jack kommen über die Wiese auf das Haus zu. Kimberly läuft in die Küche.

Sagt zu ihrer Mutter: „Sie kommen."

„Vater auch?"

„Nein. Nur John und Jack. Jim ist auch nicht dabei."

Kimberly will ihren Brüdern entgegen gehen.

Ihre Mutter sagt: „Warte, Kimberly. Hol bitte die Sahne aus dem Kühlschrank und stell sie auf den Tisch. Ich habe den Tee und den Kaffee noch nicht fertig."

„Okay."

Direkt an die Küche grenzt eine kleine Eßecke. Eben mal groß genug für den langen Tisch und die Anrichte.

Die Brüder kommen herein. Kimberly stellt gerade das Glasschälchen mit der Sahne auf den Tisch. Jack, ihr Lieblingsbruder umarmt seine kleine Schwester von hinten. Drückt sie so herzlich und fest, daß ich, ihr Herz, beim Schlagen fast ins Stolpern komme.

„Happy Birthday!"

Kimberly dreht sich erstaunt um: „Aber Jack! Du hast mir doch heute morgen schon gratuliert."

„Weiß ich. Ich hab' aber noch etwas für dich."

Jack gibt ihr eine Musikkassette.

„Hier. Sinead O'Connor."

Kimberly: „Toll. Da freue ich mich riesig. Danke."

Die Mutter kommt mit dem Tee und Kaffee herein. John hat sich schon gesetzt.

Er sagt: „Das duftet aber! Ich habe mich mächtig gefreut auf die Kaffeepause."

Kimberly und Jack setzen sich auch. Die Mutter gießt den beiden Tee ein. Für John und sich selbst Kaffee.

Dabei fragt sie: „Kommen Vater und Jim auch?"

John antwortet: „Vater kommt in etwa einer halben Stunde. Aber Jim hat keine Zeit. Er golft durchgehend."

Jack: „Er hat gedroht, 'wehe, wenn ihr den ganzen Kuchen aufeßt'!"

Die Mutter: „Da bleibt noch genug übrig."

John: „Ich muß mich leider auch eilen. In 20 Minuten muß ich wieder auf dem Court sein."

Kimberly wächst in einer klassischen Golfer-Familie auf. Golfen hat in Schottland eine lange Tradition. Die längste. Schottland gilt als Ursprungsland des modernen Golfsports. Er wurde hier erstmals im Jahr 1457 urkundlich erwähnt.

Vater Bill ist Golflehrer. Sein Vater und Großvater waren schon Golfer. Und seine drei Söhne arbeiten ebenfalls in diesem Beruf. So ist es nicht verwunderlich, daß alle nur von der Golf-Family oder den Golf-Boys sprechen.

Vater Bill hat seine Jungen, heute 18, 19 und 20 Jahre alt, in frühester Kindheit an den Sport herangeführt. Im klassischen Sinn. Sie waren zunächst Caddies. Dann legten sie einer nach dem anderen die Golflehrerprüfung ab. Ganz selbstverständlich. Keiner der Boys wäre auf die Idee gekommen, einen anderen Beruf zu erlernen.

Die sechsköpfige Familie lebt in einem kleinen Haus. Direkt am Rande des Golfplatzes. Am neunten Loch. Die Kinder haben bereits in der Wiege »Golfluft« geschnuppert. Den typisch herben Duft der frisch gemähten Greens. Auch ich, das Herz, schnuppere diese »Golfluft«. Durch Kimberly. Manchmal habe ich das Gefühl, daß der Sauerstoff, den sie einatmet und der meine vier Herzkammern durchfließt, stark damit angereichert ist. Das ist natürlich Einbildung.

Der Golfplatz hat 18 Holes. Ein schönes Hotel gehört dazu. Herrlich ruhig gelegen. An der Ostküste im nördlichen Schottland. Ein kleines Ferien-Paradies. Nur einen Steinwurf vom Meer entfernt. Wer nicht golfen möchte, kann lange Strandspaziergänge machen. Oder auch schwimmen. Das ist bei dem rauhen Klima allerdings oft eine Mutprobe. Selbst im Hochsommer.

So herrlich wie das Golfhotel, ist auch das Haus der Golf-Family gelegen. Mutter Valerie ist die Einzige, die dem Golfsport gleichgültig gegenüber steht. Und mit Kimberly ist sich der Vater noch nicht schlüssig. Sie verdient sich ab und zu ein wenig Geld als Caddie. Besonders in den Schulferien. Als Golflehrerin sieht der Vater sie allerdings nicht. Er denkt da konservativ. Betrachtet den Beruf als Männersache. Im großen und ganzen.

Kimberly darf auch nur dann als Caddie arbeiten, wenn ihr Vater sie einteilt. Und das macht er mit Bedacht. Er möchte sie auf keinen Fall in das Golfgeschäft drängen. Wenn sie es allerdings selbst wollte: Nun gut. Okay. Was bei den drei Söhnen selbstverständlich war, kostet ihn bei seiner Tochter viel Überlegung.

Doch diese Gedanken könnte er sich sparen. Ich, ihr Herz, weiß, daß Kimberly einen anderen Weg einschlagen, ihre schottische Heimat für immer verlassen wird. Aber das ahnt noch niemand. Vater und Mutter nicht. Ja, nicht einmal Kimberly selbst. Heute jedenfalls noch nicht. An ihrem 16. Geburtstag.

An der Kaffeetafel hat es in der Zwischenzeit einen Wechsel gegeben. John ist zurück zur Arbeit gegangen. Dafür läßt sich Vater Bill nun den Geburtstagskuchen schmecken.

„Phantastisch gut, Valerie," sagt er gerade zu seiner Frau. An Kimberly gerichtet, fährt er fort: „Hast du morgen Nachmittag irgendwelchen Unterricht? In der Schule?"

Kimberly überlegend: „Morgen ist Freitag ... Nein. Da haben wir ab Mittag frei."

„Gut."

„Wieso?"

„Ich brauche dich als Caddie ... Genauer gesagt als Übersetzerin."

Kimberly freudig überrascht: „Oh, fein. Hast du wieder deutsche Golfspieler?"

„Ja. Ein Ehepaar. Und das kann kaum Englisch. Schlimm war's bei der Anmeldung vorhin. Aber ich habe ihnen klarmachen können, daß ich eine ganz kluge Tochter habe, die perfekt deutsch spricht. Und die ich morgen mitbringen werde, zum Golfunterricht."

Kimberly: „Mit »perfekt« hast du aber übertrieben, Daddy."

„Meinst du? Ich finde, du machst das schon sehr gut. Außerdem muß ich dich an deinem Geburtstag doch ein bißchen loben."

Kimberly lernt seit der sechsten Klasse deutsch. Sie geht in dieselbe Schule, die auch ihre drei Brüder besucht haben. In einer fünf Kilometer entfernten Kleinstadt. Auf dem Weg dorthin gibt es nur vereinzelte Schaf-Farmen. Meistens fährt Kimberly mit dem Fahrrad zur Schule.

Als die Klassenlehrerin sie damals gefragt hatte, ob sie Deutsch oder Französisch als Fremdsprache lernen wolle, hatte sie sich spontan für Deutsch entschieden. Wahrscheinlich, weil sie in dem Golfhotel hier und da schon deutsch gehört hatte. Französisch aber noch nie.

Wie die Entscheidung für das Lernfach Deutsch im Grunde genommen zufällig gewesen sein mag, für Kimberly wird sie schicksalhafte Bedeutung erlangen. Und natürlich auch für mich, ihr Herz. Eine Entscheidung mit tragischen Folgen. Letztendlich.

*

Am nächsten Nachmittag werden die Weichen gestellt. Kimberly lernt auf dem Golfplatz das deutsche Ehepaar Erika und Hans kennen.

Vater Bill stellt seine Tochter vor: „That's my daughter Kimberly. Or Kim, as I call her. She will help us, to understand each other."

Kimberly: „Hallo. Es freut mich, Sie kennenzulernen."

Erika gibt ihr die Hand. Dabei sagt sie: „Ich bin Erika. Guten Tag."

Hans schüttelt ihr ebenfalls die Hand. „Und ich bin Hans. Es wird sicher hilfreich sein, wenn Sie übersetzen. Unser bißchen Englisch reicht nicht aus."

Kimberly: „Mein Vater hat Ihnen gesagt, daß ich perfekt Deutsch kann. Das stimmt natürlich nicht. Ich lerne die Sprache doch nur in der Schule. Und ich spreche noch sehr mangelhaft. Aber die Ausdrücke fürs Golfspielen weiß ich alle. Die habe ich mir extra beigebracht. Zu Hause. In der Schule lernen wir das natürlich nicht. Ich habe ..."

Der Vater ist etwas nervös geworden, weil die Zeit davonläuft. Er unterbricht sie: „Let's go. It takes away from their time, Kim."

Er nennt Kimberly nur Kim. Als es vor gut 16 Jahren darum ging, wie die Tochter heißen sollte, hatte er für einen kurzen, einsilbigen Namen plädiert. Er mag die Dinge einfach und unkompliziert. Bei den drei Söhnen hatte seine Frau ohne einen Einwand in die kurzen Namen Jim, John und Jack eingewilligt. Mit einem Namen für die Tochter sah das anders aus. Zu dem Vorschlag, die Kleine Ann zu nennen, hatte sie gesagt: „Wieder so ein kurzer Name. Kommt nicht in Frage. Ich möchte, daß unsere Tochter einen hübschen Namen bekommt."

Übrigens darf Bill seine Frau nicht Val nennen. Das hatte er nach dem Kennenlernen getan. Sie hatte sich sofort ausbedungen, ihren Namen nicht zu verstümmeln. Seither wagt er nicht, sie anders als beim vollen Namen zu nennen. Also Valerie.

Bill hatte damals gefragt: „Was schlägst du vor? Was ist für dich ein sogenannter hübscher Name für ein Mädchen?“

Valerie hatte für sich die Entscheidung schon längst getroffen.

„Ich würde sie gern Kimberly nennen.“

Bill hatte einen kurzen Moment nachgedacht und dann geantwortet: „Ein sehr schöner Name. Damit bin ich einverstanden.“

Und ohne daß es seine Frau hören konnte, hatte er leise zu sich selbst gesagt: „Da habe ich zu Jim, John und Jack noch Kim.“

Doch zurück zum Golfplatz. Der Golfunterricht ist beendet.

Hans sagt gerade: „Dürfen wir Sie zu einer Tasse Kaffee einladen? Oder zu einem Tee? Wahrscheinlich trinken Sie den lieber. Schließlich sind wir in Schottland.“

Kim übersetzt ihrem Vater die Einladung: „They invite us for tea. Do you have time?“

Bill: „No. Tell them, that I have to go to the driving range. For a beginners lesson. But if you want to, go ahead and join them.“

Kimberly: „Mein Vater hat leider keine Zeit. Er muß noch unterrichten.“

Erika: „Schade.“

Bill, schon im Weggehen: „Thanks for the invitation. See you. So long.“

Hans: „Und Sie, Kimberly? Leisten Sie uns noch ein bißchen Gesellschaft?“

„Sehr gern.“

„Kommt, dann gehen wir in den Coffeeshop.“

Dort sitzt Jim mit einigen einheimischen Golfern an der Theke.

Kimberly sagt: „Entschuldigen Sie mich bitte einen Moment.“

Sie geht zu Jim.

„Hello."

Jim dreht sich um: „Ach du. Komm, setz dich zu uns. Ich spendiere dir eine Coke."

Danke, das ist lieb. Aber ich bin schon eingeladen. Von dem Ehepaar da drüben."

„Na, wenn's so ist."

„Bis dann."

Kimberly geht zu dem Tisch, an dem Erika und Hans Platz genommen haben. Setzt sich zu ihnen. Sie deutet auf Jim: „Das ist mein Bruder, da drüben."

Hans: „Ach ja?"

„Ich habe drei Brüder. Die arbeiten alle hier auf dem Golfplatz."

Hans beeindruckt: „Donnerwetter. Das nenne ich schottische Golftradition."

Erika ist neugierig. „Und was ist mit Ihnen, Kimberly? Caddie sind Sie ja schon."

„Das stimmt. Aber ich glaube nicht, daß ich Golflehrerin werden möchte. Lieber was mit Sprachen."

„Und was sagt Ihr Vater dazu?"

Kimberly zuckt mit den Schultern. „Keine Ahnung. Außerdem muß ich ja erst einmal die Schule fertig machen."

„Wie lange dauert das noch?" fragt Erika.

„Die ersten Prüfungen haben schon begonnen. Sie laufen noch bis zu den Sommerferien. Dann bin ich fertig."

Der Kellner ist an den Tisch getreten. Er sagt: „Hello, Kim. What do you like?"

Kimberly fragt Erika und Hans: „Nehmen Sie Tee oder Kaffee?“

Die beiden schauen sich an. Hans sagt: „Ich glaube, wir trinken doch lieber Kaffee als Tee. Sie können aber auch etwas anderes bestellen, wenn Sie möchten.“

„Ich hätte gern eine Coke.“

Erika: „Aber selbstverständlich.“

Kimberly zu dem Kellner: „Two coffee. And for me a coke please.“

„Okay.“

Erika, die einen leichten Schnupfen hat, sucht in ihrer Umhängetasche nach einem Taschentuch. Dabei legt sie eine deutsche Illustrierte auf den Tisch.

Kimberly fragt gleich: „Darf ich die Zeitschrift einmal sehen?“

Erika nickt. „Gern. Du kannst sie sogar behalten, wenn du möchtest. Ich habe sie mehr oder weniger ausgelesen.“

Hans mischt sich ein: „He, du kannst Kimberly doch nicht einfach duzen.“

Erika ist etwas verlegen. „Entschuldigen Sie, Kimberly. Das ist mir so rausgerutscht.“

„Macht nichts. Sie können ruhig ‘du’ zu mir sagen. Im Englischen sagen wir doch sowieso alle du.“

Hans: „Dann duzen wir uns. Okay?“

Erika fragt Kimberly: „Wie alt bist du denn?“

„Sechzehn.“

„Dann könntest du ja unsere Tochter sein.“

Kimberly: „Habt Ihr auch Kinder?“

Hans: „Nein. Leider. Weißt du, wir haben ein kleines Hotel in Deutschland. Da gibt's immer viel Arbeit."

Der Kellner bringt die Getränke.

Hans sagt zu ihm: „Zwei Cognac ..." Er hebt den Zeige- und Mittelfinger hoch und setzt nach: „Two."

Zu Kimberly: „Du trinkst sicher noch keinen Alkohol."

„Nein."

„Dann stößt du mit Coke an. Wir müssen doch aufs 'du' trinken. Das ist bei uns in Deutschland so üblich. Wenn man das 'du' anbietet."

Kimberly: „Woher kommen Sie ... äh ... ich meine Ihr. Wo wohnt Ihr denn?"

„In der Lüneburger Heide," antwortet Erika. „Weißt du, wo das ist?"

„Nicht genau."

„In Norddeutschland. Niedersachsen."

„Südlich von Hamburg," fügt Hans hinzu. „Da haben wir unser kleines Birken-Hotel."

Kimberly: „Was ist Birken?"

Hans: „Das sind die Bäume mit den weißen Stämmen. Kennst du bestimmt."

„Ach ja. Birch-Trees."

Hans erklärt stolz: „Genau gesagt, heißt es Hotel »Zwei Birken«. Weil da schon immer zwei Birken stehen. Seit es mein Vater an dem Fleck gebaut hat. Vielleicht hat er dabei auch an das Lied von Hermann Löns gedacht 'Es steh'n zwei Birken auf der Heide ...'. Löns war ein deutscher Heimatdichter."

Kimberly: „Interessant." Mit einem Blick auf die Illustrierte fragt sie: „Sind da auch Preisrätsel drin? Ich löse die furchtbar gern. Gewonnen habe ich zwar noch nie etwas. Trotzdem macht es mir Spaß. Oft sind die Rätsel in Deutsch allerdings zu schwer für mich."

„Dabei kann ich dir helfen," bietet sich Erika an. „Wir sind ja noch ein paar Tage hier."

Hans: „Wir haben unser Hotel zur Zeit geschlossen. Müssen uns etwas erholen, vor der Sommersaison."

Erika: „Ich habe oben im Hotelzimmer noch mehr Zeitschriften. Wenn ich sie gelesen habe, gebe ich sie dir. Da sind auf jeden Fall Rätsel drin."

Kimberly freut sich: „Oh, fein. Ich lese sie gern. Unsere Lehrerin hat gesagt, das sei die beste Übung, eine Sprache zu lernen. Neben der Konversation natürlich."

*

Kimberly und das deutsche Ehepaar empfanden bei diesem ersten Treffen sofort große Sympathie für einander. Meine Freundin war so an- und aufgeregt, daß auch ich aus meinem Rhythmus geriet. Schneller schlagen mußte als üblich. Normalerweise mache ich 72 Schläge in der Minute. Exakt. Das halte ich ein. Aus Bequemlichkeit vielleicht. Aber wenn etwas Besonderes passiert, schlage ich schneller. Weil ich ja dann genauso aufgeregt bin wie Kimberly.

Nach den Golfstunden mit Vater Bill saßen Kimberly und Erika noch viel zusammen. Hans hat meistens weiter gegolft. Er ist nicht nur begeistert von dem Sport. Er ist auch sehr ehrgeizig. Wenn er einen Ball verschlägt, ärgert er sich jedesmal furchtbar.

Erika golft im Grunde genommen ihrem Mann zuliebe. Nicht etwa, um ihr Handicap zu verbessern. Deshalb hat sie es auch begrüßt, in meiner Kimberly eine so nette Gesprächspartnerin gefunden zu haben. Sie haben lange Strandspaziergänge gemacht. Natürlich nur nachmittags. Nach Kimberlys Schulunterricht.

Kimberly hat ihrerseits von der neuen Freundschaft profitiert. Sie konnte nicht nur ihr Deutsch verbessern, sondern hat auch viel über Deutschland erfahren. Über Land und Leute im allgemeinen. Und natürlich über das kleine Hotel in der Heide und das Leben ihrer neuen Freunde im besonderen.

Am meisten Spaß hatten Kimberly und Erika aber beim Lösen von Kreuzworträtseln. Erika mußte sehr viele Begriffe umschreiben, um sie verständlich zu machen. Und wenn sie gestenreich versuchte, einen Begriff zu erklären, war mitunter eine gewisse Komik nicht zu vermeiden. Kimberly und Erika haben viel gelacht in diesen Tagen. Und da, wo es etwas zu gewinnen gab, schickten sie auch die Lösung auf einer Postkarte ein. Mit Erikas deutschem Absender.

Kimberly sagte dann immer: „Wenn wir gewonnen haben, mußt du mir das aber schreiben. Okay?"

Und Erika antwortete vergnügt: „Was heißt hier schreiben. Da rufe ich dich sofort an. Zum Schreiben komme ich sowieso kaum, wenn die Saison erst einmal begonnen hat."

Die Tage verflogen schnell. Zu schnell. Nach Erikas und Hans' Abreise war meine Kimberly sehr traurig. Zum erstenmal mußte sie erfahren, wie sehr man Menschen vermissen kann. Freunde, die man gern hat. Und daß das weh tut.

Ich spüre den Schmerz weniger. Mache unbeirrt meine minütlichen 72 Schläge. Nein, es ist die Seele, die darunter leidet. Sie, die meist strahlt. Durch Kimberlys Fröhlichkeit. Nun ist auch sie betrübt.

Für mich ein ungewohnter Zustand. Erst jetzt wird mir so richtig klar, wie sehr ich mich im Glanz der Seele sonne. Normalerweise. Kurze Trübungen hat es immer wieder einmal gegeben. Aber das hier ist anhaltend bedrückend. Es ist nicht viel los mit uns in diesen Tagen. Nicht mit Kimberly, nicht mit ihrer Seele, nicht mit mir, ihrem Herzen. Wir sitzen lustlos in ihrem Zimmer herum. Weder Jim, John noch Jack, ihr Lieblingsbruder, können sie aufmuntern.

Der Zustand verbesserte sich erst, als Kimberly sich entschloß, Erika und Hans einen langen Brief zu schreiben.

Und der Alltag fordert seinen Tribut. In der Schule geht das Gespenst der Prüfung um. Abschlußarbeiten in den einzelnen Fächern stehen an. Hintereinander. Da komme ich so manches Mal zum Rasen. Die 72 Schläge reichen oft nicht aus. Der Sinusknoten, mein Schrittmacher, schleudert mir seine elektrischen Impulse nur so entgegen, daß ich kaum nachkommen kann.

Prüfungsstreß hat die Wehmut nach der Abreise der deutschen Freunde verdrängt. Ich muß fleißig arbeiten, um mich Kimberlys Lebenssituation anzupassen. Doch trotz höchster Anspannung gerate ich nicht aus dem Takt.

*

Inzwischen ist Kimberlys Welt wieder in Ordnung. Der Schulabschluß ist mit einer guten Note geschafft. Die schrecklichen Prüfungen sind vergessen.

Die Seele strahlt mit warmer Kraft. Und so hell, daß es mich fast blendet. Das Leuchten tut mir gut. Die Wärme entspannt mich. Wir sind wieder ein glückliches Dreigestirn.

Kimberly genießt die Ferien. Es ist ein außergewöhnlich warmer Sommer in Schottland. Die Wassertemperatur ist angenehm. Kimberly geht jeden Tag ins Meer. Sie ist eine gute Schwimmerin.

Als sie wieder einmal vom Baden kommt, will sie gleich auf ihr Zimmer gehen. Es liegt im ersten Stock. So wie das Elternschlafzimmer. Und das Zimmer der drei Brüder. Sie ist sehr glücklich, ihr eigenes kleines Reich zu haben. Bei Jim, John und Jack geht es furchtbar eng zu. Aber sie haben sich noch nie beklagt. Das kleine, rote Backsteinhaus bietet nun einmal nicht mehr Platz. Außerdem steht Vater Bill auf dem Standpunkt: „Was für unsere Vorfahren groß genug war, reicht auch für uns."

Als Kimberly an der Küche vorbeikommt, ruft ihre Mutter: „Komm doch mal her!"

Kimberly steckt den Kopf zur Tür herein und fragt: „Was ist?"

„Da liegt ein Brief für dich. Aus Deutschland."

„Oh, toll! Endlich."

Sie nimmt das Kuvert und eilt auf ihr Zimmer.

Kimberly hatte in den vergangenen Wochen ihren deutschen Freunden mehrfach geschrieben. Außer einer Ansichtskarte mit einem kurzen Gruß war jedoch keine Antwort gekommen. Im Geheimen hatte sie sogar an der Freundschaft schon etwas gezweifelt.

Um so mehr freut sie sich nun über den Brief von Erika. Sie schreibt:

Liebe Kimberly,

vielen Dank für Deine Briefe. Entschuldige, daß ich sie erst jetzt beantworte. Aber wir haben volles Haus. Jedes Zimmer belegt, schon seit drei Wochen. Hans und ich fallen jeden Abend todmüde ins Bett. So kaputt sind wir. Und jetzt ist es auch schon weit nach Mitternacht. Aber heute will ich Dir doch endlich schreiben. Hans hat mich schon gedrängt.

Wir wollen Dir nämlich einen Vorschlag machen. Wie wär's, wenn Du zu uns kommen würdest und in unserem Hotel die Aus-

bildung machen würdest? Du hast geschrieben, daß Du eventuell im Golf-Hotel arbeiten willst. Und daß Dein Vater einmal mit dem Manager darüber sprechen will. Es wäre doch schön, wenn Du nach Deutschland kommen würdest, wo Du schon so gut deutsch sprichst. Unser Birken-Hotel ist zwar klein, aber wir haben sehr viele ausländische Gäste, Franzosen, Holländer, Skandinavier ... Besonders im Spätsommer, wenn die Heide blüht. Das ist eine Touristen-Attraktion. Bei Deinem Interesse an Fremdsprachen wäre es hier sicher besser als im Golf-Hotel. Überlege es Dir. Und vor allem, sprich mit Deinen Eltern darüber. Wir würden uns jedenfalls sehr freuen, Dich bei uns zu haben. Du kannst jederzeit anfangen. Wann Du willst.

So, nun muß ich aber ins Bett. Recht liebe Grüße senden Dir, Deinen Eltern und Brüdern

Erika und Hans (der schon tief schläft)

Kimberly springt auf. Ich mache einen Satz, weil sie so aufgeregt ist. Meine Frequenz erhöht sich wieder einmal. Wenn es aber aus so freudigem Anlaß ist, bin ich gern dabei. Erhöhe die Anzahl meiner Schläge sofort über die 72 hinaus.

Meine Freundin springt die Treppe hinunter. Den Brief schwingend ruft sie: „Mother, mother ..." Und stürmt in die Küche.

Mutter Valerie ist mit einer Näharbeit beschäftigt. Sie fragt: „Was ist denn los, Kimberly? Du bist ja ganz aufgeregt."

Kimberly setzt sich zu ihrer Mutter an den Küchentisch.

„Sag mal, Daddy hat doch noch nicht mit Mr. McLaw vom Golf-Hotel gesprochen? Wegen meiner Anstellung?"

„Glaube ich nicht. Sonst hätte er uns doch etwas gesagt, wie deine Chancen stehen."

„Gut."

„Wieso?"

„Stell dir vor, Erika und Hans möchten, daß ich bei ihnen im Birken-Hotel arbeite. Ist das nicht wunderbar?“

Valerie läßt vor Schreck ihre Näharbeit fallen. Sie sagt: „Das ziehst du doch nicht in Erwägung?“

„Warum nicht? Da würde ich doch viel mehr lernen als hier. Ich meine sprachenmäßig und so. Die haben Gäste aus ganz Europa. Hier, höre dir dies bitte einmal an.“

Kimberly liest ein paar Passagen aus Erikas Brief vor. Valerie schaut ihre begeisterte Tochter an. Hört schweigend zu. Langsam begreift sie, daß sie ihr Kind verlieren könnte. Natürlich nur geographisch gesehen. Dennoch kommt Angst in ihr auf. An so etwas hätte sie nicht im entferntesten gedacht. Daß eines ihrer Kinder einmal weggehen könnte. Richtig weit weg. Es ist wie ein Schock für sie.

Kimberly hat aufgehört zu lesen. Sieht ihre Mutter erwartungsvoll an.

‚Na? Wie findest du das?“

Die Mutter versucht, ihre Gedanken und Gefühle zu verbergen. Antwortet nicht.

Kimberly noch einmal: „Was sagst du denn dazu?“

„Tja. Was soll ich dazu sagen. Es kommt so überraschend ... Würdest du denn wirklich nach Deutschland gehen wollen?“

„Oh ja. Das würde mich sehr glücklich machen. Und ich mag auch die beiden, Erika und Hans, sehr gern. Wirklich.“

„Ja, ja. Deine Begeisterung kenne ich ja.“

„Also darf ich fahren?“

Kimberly springt auf. Geht zu ihrer Mutter. Umarmt sie fest.

Valerie löst sich sanft aus der Umarmung. Sagt: „Moment mal, mein Kind. So schnell geht das nicht. Da hat dein Vater auch noch ein Wörtchen mitzureden."

„Aber du bist auf meiner Seite, nicht wahr?"

Valerie seufzt nur schwer ohne zu antworten.

Kimberly fährt fort: „Stell dir doch nur mal vor, was ich alles lernen kann. Ich meine, auch neben der Hotelausbildung. Reisen bildet, hat unsere Lehrerin gesagt. Das ist ..."

Valerie unterbricht sie: „Soweit sind wir noch nicht."

Kimberly denkt angestrengt nach, was sie noch für Vorteile aufzählen könnte, um ihre Mutter zu überzeugen.

„Jim würde sich jedenfalls sehr freuen. Er kann dann mein Zimmer haben. Du weißt doch, wie eng die drei aufeinander hocken in dem einen Raum."

Valerie hat ihre Näharbeit wieder aufgenommen. Sie sagt: „Das mag schon sein. Aber glaubst du nicht, daß dich deine Brüder sehr vermissen würden? So wie dein Vater und ich auch? Im Moment kann ich es mir noch nicht vorstellen, daß du uns verläßt."

Kimberly: „ Natürlich würde ich euch auch sehr vermissen."

Sie verläßt, etwas nachdenklich geworden, die Küche.

*

Wider Erwarten willigte Vater Bill relativ schnell in Kimberlys Vorhaben ein. Sicherlich auch deshalb, weil er Erika und Hans bei den Golfstunden beobachtet und sich eine gute Meinung über das deutsche Ehepaar bilden konnte. Deshalb hatte er, im Gegensatz zu seiner Frau auch keine Bedenken, den Deutschen Kim anzuvertrauen.

Und dann ging alles ganz schnell. So schnell, daß weder der Vater noch die drei Brüder aufgrund ihrer Arbeit auf dem Golfplatz Kimberlys baldige Abreise richtig realisierten. Nur die Mutter war in der kurzen verbleibenden Zeit aus einem schmerzhaften Schock nicht mehr herausgekommen.

Sie kann es immer noch nicht begreifen, daß sie im Auto sitzen und auf dem Weg zur Fähre nach Newcastle upon Tyne sind. Sie haben sich in aller Früh auf den Weg gemacht.

Von ihren Brüdern hat sich Kimberly schon am Abend verabschiedet. Da sind die ersten Tränen geflossen. Auch noch im Bett. Im Dunkeln. Vor dem Einschlafen. Angst macht sich breit.

Ich habe mich vor lauter Schmerz total verkrampft. Konnte kaum mehr ruhig schlagen. Kimberlys Gemütszustand hat mir zu schaffen gemacht. Abschiedsschmerz tut sehr weh.

Nun fährt Kimberly mit ihren Eltern stumm durch die einzigartige schottische Landschaft. Der steigende Nebel gibt den Blick frei auf die Bergspitzen der Highlands, auf zerklüftete Hügel, bewaldete Flußtäler bis hinunter zur felsigen Küste. Auf Schlösser und Burgen, die von der eigenständigen Kultur dieser Gegend zeugen.

Nur mit ein paar Worten unterbricht Vater Bill das Schweigen: „Das ist deine Heimat, Kim. Vergiß es nie. Wo du auch bist."

Erst bei der Fahrt durch die Hauptstadt scheint der Bann gebrochen. Weder Valerie noch Kimberly sind je in Edinburgh gewesen. Stolz erklärt Bill die Sehenswürdigkeiten: Edinburgh Castle, Georgian House, Palace of Holyroodhouse - die offizielle Residenz der Königin in Schottland, am Fuß der Royal Mile.

Sie verlassen die Hauptstadt. Sind gut vorangekommen. Bill entschließt sich für die etwas längere Route am Meer entlang.

Die Küstenstraße gibt wunderbare Ausblicke auf die Nordsee frei. Und wieder überkommt alle Drei wehmütiges Schweigen.

Stumm auch der Abschied an der Fähre. Weder die Eltern noch Kimberly sind in der Lage, den fremden Situationsmoment mit Worten zu beschreiben. Kein lauter südländischer Gefühlsausbruch. Stille Umarmung. Ein stummes Auseinanderdriften. Tränen verschleiern den Blick. Das Bild verzerrt ins Unwirkliche. Gleitet ins Nichts.

Ich versuche, so ruhig wie möglich zu schlagen. Kimberly beizustehen in diesem schweren Moment der Trennung. Ihr neben den Gefühlsschmerzen nicht noch Herzschmerzen zu verursachen.

Sie steht auf dem Deck. Ihr Blick fliegt zurück zur Küste. Mit den Möwen. Zu Mutter und Vater. Zu den Brüdern. Zu Schottland, ihrer Heimat. Good bye.

Nur langsam machen Gedanken und Gefühle die Wende nach vorn. In die Zukunft. Das neue Zuhause in Deutschland. Wie wird alles werden? Die Angst bleibt. Vorerst. Eine andere Angst. Die vor dem Unbekannten. Sie ist nicht so schmerzlich. In ihr schwingt Hoffnung mit. Spannung und Erwartung.

*

Im Hamburger Hafen wartet Erika auf Kimberly. Die Beiden umarmen sich so herzlich, daß ich beim Schlagen wieder einmal fast ins Stolpern gerate.

Erika: „Wie schön, daß du da bist.“ Und dann lachend: „Welcome in Germany.“

Kimberly: „Ich bin glücklich, dich zu sehen. Hatte schon Angst, was ich mache, wenn Ihr nicht da seid.“

„Ich bin allein. Wir konnten nicht beide weg vom Hotel.“

„Macht doch nichts.“

„Hans freut sich schon auf dich. Komm, laß dir mit dem Gepäck helfen. Wir müssen ein Stück laufen. Es gibt keinen Parkplatz hier. Du weißt schon."

„Viele Grüße von meinen Eltern. Und von den Boys."

„Danke. Geht's allen gut?"

„Schon, aber sie waren sehr traurig über meine Abreise. Besonders Mutter."

„Das kann ich mir vorstellen. Wir rufen sie gleich an, wenn wir zu Hause sind."

„Das wäre schön. Vielen Dank."

„Ist doch selbstverständlich. Sie machen sich bestimmt Sorgen um dich ... Wie war die Überfahrt?"

„Prima. Hat mir gut gefallen. Es waren auch viele junge Leute an Bord. Die hatten alle Rucksäcke. Mit einem Mädchen habe ich mich unterhalten. Monika, aus Altötting. Das ist ganz im Süden. Weit weg, hat sie mir gesagt. Sonst hätten wir uns mal getroffen."

„Siehst du, so schnell lernt man sich kennen ... So, jetzt noch über die Straße. Da drüben steht mein Wagen. Vorsicht! Laß die zwei Autos noch vorbei."

„Wie lange fahren wir?"

„Etwa eineinhalb Stunden. Oder zwei. Je nachdem, wie wir aus der Stadt rauskommen. Der Verkehr ist schrecklich."

„Hamburg soll sehr schön sein. Habe ich gelesen."

„Das stimmt. Nur, heute wirst du nicht viel davon sehen. Ich fahre direkt auf die südliche Autobahn. Hans wartet sicher schon auf uns. Aber ein andermal machen wir eine Sightseeing-Tour, okay?"

„Prima. Da freue ich mich schon."

*

Inzwischen sind ein paar Wochen vergangen. Kimberly hatte überhaupt keine Schwierigkeiten, sich einzugewöhnen. Erika und Hans haben sie wie eine Tochter aufgenommen. Das wissen auch die anderen Angestellten. Sie sind alle sehr nett und hilfsbereit.

Die Hotelarbeit macht Kimberly großen Spaß. Am liebsten ist sie im Empfang, wenngleich ihr das Bedienen des Computers noch schwerfällt.

Ihre Deutschkenntnisse verbessern sich täglich. Sie spricht aber weiterhin viel Englisch. Mit den Gästen. Sie kommen aus allen europäischen Ländern. Meistens ist die Verständigung deshalb in Englisch.

Insgeheim hofft Kimberly, daß auch einmal jemand aus Schottland eintrifft.

Doch sie verspürt kein Heimweh. Nur wenn sie in einer freien Stunde durch die blühende Heide radelt, drängen sich die Heidemoore Schottlands in ihr Bewußtsein. Wird die Sehnsucht nach Eltern und Geschwistern intensiv. Aber das verfliegt. Schnell wie der Wind. Der hier flach über das Land weht. Nicht aufgehalten wird von zerklüfteten Hügeln. Klippen und Buchten.

Sie schreibt regelmäßig nach Hause. Berichtet ausführlich über ihr Leben und alles, was im Hotel »Zwei Birken« passiert.

Es ist fest geplant, daß Kimberly Weihnachten das erste Mal zurück nach Schottland fahren wird, um das Fest mit ihrer Familie zu verbringen.

Kimberly ist in diesen Wochen und Monaten so ausgeglichen wie selten zuvor. Es ist easy für mich, meinen 72-Schläge-Rhythmus einzuhalten. Die Seele leuchtet. Sendet unverdrossen ihre warmen Strahlen aus. Kimberly, Herz und Seele - unsere kleine Welt ist in Ordnung.

*

Der Herbst geht zu Ende. Im Hotel wird es ruhiger. Kimberly hat etwas mehr Zeit für sich. Unter den zwei Birken steht eine weiß lackierte Holzbank. Im Sommer war sie meist von Hotelgästen belegt. Jetzt ist es Kimberlys Lieblingsplatz. Wenn die Sonne scheint. Es gibt noch schöne, warme Tage.

Kimberly kann sich wieder ihrer Lieblingsbeschäftigung widmen: Rätselraten. Ihr Deutsch ist inzwischen so gut, daß sie allein zurechtkommt. Oft gesellt sich aber auch Erika zu ihr. Um mitzuraten. Dann lachen sie und sind fröhlich. Wie im April in Schottland. Und wie damals schickt Kimberly die Lösungen ein. Ohne ernstlich daran zu glauben, daß sie etwas gewinnen könnte. Ob der ausgesetzte Preis ein Kochtopf, Fernseher, Auto oder gar eine Fernreise ist, interessiert sie weniger. Ihr geht es in erster Linie darum, die Lösung herauszubekommen.

Eines Tages passiert dann doch das Unglaubliche.

Hans steht an der Hoteltür. Er unterhält sich mit dem Briefträger. Sie kennen sich gut. Sind Kegelbrüder.

Kimberly, die sich an der Rezeption zu schaffen macht, geht zu Hans. Sie deutet auf die Post, die er in der Hand hat.

„Darf ich die haben?"

Hans: „Sicher doch. Vielleicht ist ein Brief aus Schottland dabei."

„Hoffentlich."

Sie geht zurück zur Rezeption. Es ist tatsächlich ein Brief für sie dabei. Allerdings nicht von ihrer Mutter. Der Absender ist ein Verlag in Hamburg. Sie öffnet den Brief. Ihr Blick erfaßt sofort den Schlüsselsatz: „... Sie haben den ersten Preis gewonnen: Eine viertägige Reise nach St. Petersburg und Moskau ...“

Kimberly ist total überrascht. Sie läßt sich auf den Stuhl vor dem Computer fallen.

Ruft: „Hans! Kommst du mal bitte?“

Hans sagt zu dem Briefträger: „Da will ich mal wieder an die Arbeit.“

Der Briefträger: „Ich muß auch weiter.“

„Wir sehen uns ja morgen Abend beim Kegeln.“ Hans hebt die Hand: „Grüß deine Frau von mir.“

„Mach ich. Und du, sag’ der Erika schöne Grüße von mir. Wo steckt sie denn? Hat sich heute gar nicht blicken lassen.“

„Sie ist wahrscheinlich in der Küche.“

„Na dann. Tschüs.“

„Mach’s gut.“

Hans geht zu Kimberly. Sie sitzt sprachlos da.

Er fragt: „Was ist denn?“

Kimberly: „Ich hab’ den ersten Preis gewonnen.“

Hans lachend: „Du und deine Rätselei. Was ist es denn? Ein Bügeleisen? Oder gar eine Waschmaschine?“

„Da, lies. Du wirst staunen.“

Hans liest den Brief und pfeift dann durch die Zähne: „Moskau ... Du, das ist ja ein Ding.“

„Sag ich doch. Ich kann es noch gar nicht glauben.“

Sie nimmt Hans den Brief aus der Hand. „Das muß ich sofort Erika erzählen.“

Sie stürmt in die Küche.

„Erika, Erika. Ich hab' gewonnen! Den ersten Preis. Ich werd' verrückt."

„Nun mal langsam."

„Hier. Da steht's. Schwarz auf weiß. Lies!"

„Warte. Ich muß mir erst einmal die Hände abtrocknen. Wo ist denn nur meine Lesebrille? Ach hier. Nun gib her."

Erika liest den Brief. Sie ist ebenfalls überrascht: „Das darf doch nicht wahr sein. St. Petersburg ... Moskau ..."

„Da staunst du, nicht wahr?"

„Allerdings. Hast du ein Glück. Bist du überhaupt schon mal geflogen?"

Kimberly schüttelt den Kopf: „Natürlich nicht. Ist es denn eine Flugreise? Zeig mal her. Ich bin so aufgeregt. Ich habe noch gar nicht alles genau gelesen."

Erika gibt den Brief zurück. Kimberly liest vor: „... Der Flug geht von Hamburg nach St. Petersburg, dann nach Moskau und von dort zurück nach Hamburg. Die Reise muß in der Zeit vom 1. bis 10. Dezember angetreten werden. Wir erwarten möglichst umgehend Ihre Rückantwort, damit wir die entsprechenden Vorbereitungen treffen können. Nochmals herzlichen Glückwunsch zum Gewinn unseres Hauptpreises ..."

Kimberly läßt sich wieder auf einen Stuhl fallen. Sagt: „Was soll ich denn machen, Erika?"

„Das fragst du noch? Natürlich fliegen. Oder willst du die Reise etwa verfallen lassen?"

„Nein, das nicht ... Aber bis nach Rußland. Fliegen ... da oben ... O, my God! I just can't believe it!"

*

Selbstverständlich hat Kimberly die Chance wahrgenommen. Erika und Hans haben sie zum Flughafen nach Hamburg gebracht.

Nun stehen sie an der riesigen Glaswand und schauen auf das eingenebelte Rollfeld. Ein trister Dezembertag. Die Flüge haben alle Verspätung. Auch der nach St. Petersburg. Kimberly ist irgendwie unheimlich zumute.

Meine Herzkammern ziehen sich zusammen. Wenn sich die Verkrampfung löst, schießt so viel Blut heran, daß ich mit meinen 72 Schlägen nicht auskomme. Ich fange an zu rasen: 80 Schläge, 90, 100 ... Es ist die Angst vor dem Fliegen.

Dann doch der Aufruf zum Abflug. Die Verabschiedung.

Hans umarmt Kimberly: „Mach's gut, du kleiner Glückspilz. Die Reise hätte ich auch gern gewonnen."

Erika: „Tja, da müßtest du eben Kreuzworträtsel lösen."

„Nee, nee. Dann lieber nicht."

Die Verabschiedung von Erika ist besonders herzlich. Natürlich macht sie sich Gedanken. Kimberly ist noch sehr jung. Noch keine 17 Jahre. Sie haben doch die Verantwortung für sie übernommen.

Erika ermahnt sie: „Paß gut auf dich auf. Mach nichts allein. Ich meine ohne die Reiseleiterin."

„Versprochen."

„Und wenn du zurückkommst, wartest du am Ausgang. Da wo du ankommst. Damit wir uns nicht verfehlen. Falls wir im Verkehr stecken bleiben und uns verspäten."

Hans etwas ungeduldig: „Laß es gut sein, Erika. Das haben wir doch alles schon besprochen."

Erika umarmt Kimberly: „Auf gutes Wiedersehen."

Erika und Hans warten an dem großen Glasfenster, bis der Flieger nach St. Petersburg aufsteigt. Vom Nebel geschluckt wird. Entschwindet.

Zunächst erlebt Kimberly ein grandioses Schauspiel. Von ihrem Fensterplatz aus. Das Flugzeug steigt schnell. Sie sieht, wie die grauen Wolken dünner werden. Nur noch einzelne Fetzen am Fenster vorbeifliegen. Wie das Flugzeug aus den Wolken herausbricht. In gleißendes Sonnenlicht taucht. Wie die grauen Wolken plötzlich schneeweiß erscheinen.

Eine duftig flauschige Decke liegt unter ihr. Durch die kann man doch nicht durchfallen. Denkt sie. Die Angst vor dem Fliegen ist verflogen. Kimberly ist restlos begeistert.

Die Begeisterung hält an.

Von Leningrad, das heute wieder St. Petersburg heißt, ist sie fasziniert. Kimberly wird gut betreut. Eine junge Russin ist für sie allein eingeteilt. Tatjana. Mitte 20. Sie hat Kimberly vom Flughafen abgeholt. Ins Hotel gebracht. Hier fühlt sich Kimberly ohnehin wohl. Die Atmosphäre ist ihr vertraut. Vom Golfhotel in Schottland und von den »Zwei Birken« in der Lüneburger Heide.

Am ersten Tag machen sie eine große Stadtrundfahrt. Das Wetter ist herrlich. Viele goldene Zwiebeltürme glitzern in der Sonne. Tatjana spricht sehr gut deutsch. Sie erklärt Kimberly alles ganz genau. Zeigt ihr die wichtigsten Sehenswürdigkeiten: die Admiralität, das Alexander-Newski-Kloster, die Isaak-Kathedrale, die Peter-Pauls-Festung ... Prachtvolle Adelshäuser des 18. Jahrhunderts säumen die Boulevards.

Noch heute spürt der Besucher, daß St. Petersburg über 200 Jahre Residenzstadt der russischen Zaren war.

Die Eremitage am Schloß-Kai, eines der größten und bedeutendsten Kunstmuseen der Welt, ist für den zweiten Tag reserviert.

Kimberly ist beeindruckt, als sie von Tatjana erfährt, daß die Eremitage weit über zwei Millionen Objekte beherbergt. Sie sind in mehreren, miteinander verbundenen Bauten untergebracht. Der größte Bau, der Winterpalast, war die ehemalige Zarenresidenz. Die Galatreppe aus Carrara-Marmor führte einst zum Thronsaal. Heute kann sich der Besucher von hier aus auf einen Kunstpfad durch 400 Säle, Kabinette und Pavillons begeben.

Trotz der gigantischen Ausmaße kennt sich Tatjana in der Eremitage aus. Sie macht schon jahrelang Führungen. Weiß, welche Werke die bedeutendsten sind. Welche Kunstepochen. Was an einem Tag an Besichtigung möglich ist. Was sie dem Besucher zumuten kann.

Die Mittagspause in der Cafeteria in der Rastrelli-Galerie tut den malträtierten Füßen gut.

Tatjana: „Wie gefällt es dir?"

Kimberly: „Phantastisch."

„Du bist einer von etwa 3,5 Millionen Besuchern im Jahr."

„Unvorstellbar. Daß Ihr hier so ein riesiges Kunstmuseum habt. Ich hab' schon mal vom Louvre in Paris gehört. Und dem Prado in Madrid."

„Das ist mein Traum. Da einmal hinzukommen. Diese wunderbaren Gemälde in Natur zu sehen. Bis jetzt kenne ich sie nur aus Bildbänden."

„Vielleicht gewinnst du auch einmal eine Reise. So wie ich."

„Mal was anderes. Ich habe fast nur deutsche Touristen, die ich führe. Weil ich in Deutsch graduiert habe. Ich kenne auch die

Dialekte ganz gut. Aber bei dir bin ich mir nicht sicher. Aus welcher Gegend kommst du denn?“

„Glaubst du, daß ich Deutsche bin?“

„Ja, natürlich. Oder etwa nicht?“

„Ich bin aus Schottland.“

„Ach, wirklich? Das hätte ich nicht gedacht. Du sprichst aber sehr gut Deutsch.“

„Danke. Ich arbeite in Deutschland. In einem Hotel in der Lüneburger Heide. Und in der Schule hatte ich auch schon viele Jahre Deutschunterricht.“

„Schottland. Das muß sehr schön sein.“

Kimberly schwärmt: „Oh, ja! Ich glaube kaum, daß es ein schöneres Land gibt. Vor allem von der Natur her. Vielleicht bin ich auch voreingenommen. Aber wenn du eines Tages mal hin kommst, dann wirst du wissen, was ich meine. Ich bin natürlich von St. Petersburg auch sehr beeindruckt. Übrigens, wie ist Moskau?“

„Du wirst lachen. Ich bin noch nie dort gewesen.“

„Ach.“

„Als ich mit meiner Ausbildung fertig war, mußte ich gleich Geld verdienen. Ich komme aus einer großen Familie. Fünf Geschwister. Alle jünger als ich. Das ist nicht so leicht für meine Eltern.“

„Das glaube ich. Ich habe drei Brüder in Schottland. Bei uns ging es auch immer knapp zu. Die Reise hätte ich mir normalerweise gar nicht leisten können. Übrigens, bringst du mich zum Flughafen?“

„Ist eigentlich nicht vorgesehen. In der Regel verabschiede ich mich im Hotel. Der Taxifahrer kennt ja den Weg. Aber wenn du möchtest, zeitlich ist es kein Problem für mich."

„Ach, das wäre nett. Da können wir uns noch unterhalten bis zum Abflug. Wie lange dauert denn der Flug nach Moskau?"

„Knapp eineinhalb Stunden, so viel ich weiß. Das können wir noch genau erfahren."

*

Beim zweiten Flug in ihrem Leben ist Kimberly schon nicht mehr so aufgeregt. Kurz vor dem Start kann ich zwar meinen 72-Schläge-Takt nicht halten. Ich muß die Frequenz erhöhen. Aber das ist ganz normal. Passiert wohl auch noch beim fünften Flug. Und beim zehnten ...

Das Flugzeug hebt pünktlich ab. Das Wetter ist gut. Zunächst.

Es sind fast nur russische Passagiere an Bord der Aeroflot. Das hat Kimberly schon beim Einsteigen bemerkt. Kein vertrautes Wort in Deutsch oder Englisch. Sie kommt sich etwas verloren vor. Hat auch keinen Fensterplatz. Was sie sehr bedauert.

Kurz vor Moskau kommt plötzlich schlechtes Wetter auf. Die Stewardeß bittet die Passagiere, sich anzuschnallen. Die Maschine fällt von einem Luftloch ins andere. Kimberly ist sehr verängstigt. So wie alle Passagiere.

Die Cockpit-Crew weiß, daß über Moskau ein Sturm tobt. Der Regen fällt tonnenweise. Auch auf das Rollfeld. Dennoch entschließt sich der Kapitän zur Landung. Der Co-Pilot gibt die Entscheidung an den Tower durch.

Der Fluglotse in seinem Funkspruch: „Wir gehen in Alarmbereitschaft. Für alle Fälle. Good luck. Stschastliwawa puti."

Der Pilot leitet die Landung ein. Das Flugzeug verliert an Höhe. Ohne daß die Turbulenzen nachlassen. Der Co-Pilot wendet sich an die Passagiere: „S wami goworit Kapitan Orlow. Tscheres neskolko minut mi sowerschim posadku. Poschalusta, sochranaite spokoistwie. Wsö w porjadke.“

Kimberly versteht kein Wort. Sie versteht nicht, daß der Pilot die Landung in wenigen Minuten angekündigt und die Passagiere beruhigt hat. Und daß alles unter Kontrolle sei.

Sie blickt sich um. Schaut nur in verängstigte Gesichter. Sie hält vor Angst den Atem an. Preßt instinktiv ihre Handtasche an sich.

Ich beginne, wild zu stolpern und zu hämmern. Habe Angst, zu versagen. Kann meine lebenswichtige Arbeit der Situation kaum mehr anpassen.

Der Tower kann keine genauen Angaben machen über den Regen, der auf dem Rollfeld liegt. Der Sturm tobt aus allen Richtungen. Peitscht die Wassermassen hin und her. Zuverlässige Messungen sind unmöglich. Die Landebahn hat sich in die Oberfläche einer tosenden See verwandelt.

Dennoch keine absolute Gefahr. Von Konstruktion und Eigengewicht her, kann das Flugzeug die Wasserschicht durchbrechen. Für den Piloten nur die Fragen: Wie stark ist der Widerstand? Setzt der Wind in den Landesekunden aus? Liegt das Wasser dann wie eine Betondecke auf der Rollbahn? Mit vielfachem Widerstand? Oder wird die Maschine vom Wind geschoben? Seitlich weggedrückt? Wie gesagt, keine absolute Gefahr. Aber ein großes Risiko.

Die Landeklappen sind ausgefahren. Noch zwanzig Meter, zehn, fünf ... touch down.

Der Pilot hat zuviel Widerstand einkalkuliert. Die Maschine setzt hart auf. Ein lauter Knall. Die Reifen zerbersten.

In der Kabine Angstschreie von nervenschwachen Passagieren. Gegenstände aus den Gepäckablagen fliegen durch die Luft.

Eine Wodkaflasche kommt angeschossen. Trifft Kimberly hart an der rechten Schläfe. Die Flasche macht eine halbe Umdrehung. Trifft sie erneut. Am Hinterkopf. Auch andere Passagiere sind verletzt. Ohnmächtig.

Die Maschine kommt zum Stehen.

Kimberly faßt sich an den Kopf. Die Hand ist voller Blut. Entsetzt starrt sie darauf. Sie verliert das Bewußtsein. Es ist der Schock.

Kimberly kommt schnell wieder zu sich. Die Wunden sind nicht so tief. Sie ist nicht ernsthaft verletzt.

In der Kabine Chaos. Draußen die Sirenen der Rettungswagen.

Die verletzten Passagiere werden in Krankenhäuser gebracht. Auch Kimberly. Die Platzwunden werden geklammert. Keine Nähte. Es geht ihr gut. Sie hält noch immer krampfhaft ihre Handtasche fest. Der Arzt legt einen leichten Kopfverband an.

Kimberly wird in ein Krankenzimmer gebracht. Mit vier Betten. Zwei sind belegt. Die Patientinnen reden auf sie ein. In russisch. Wieder keine Verständigung. Sie setzt sich ratlos auf den Bettrand. Schließlich kommt ein Krankenpfleger in einem grünen Kittel. Er spricht nur ein paar Brocken englisch. Eine Unterhaltung ist kaum möglich.

Er sagt: „Ich, Jurij."

Kimberly fragt: „Wie lange muß ich hier bleiben? Mir geht es gut."

Jurij: „Wir machen."

„Wann kann ich ins Hotel?"

„Hotel? Du hier. In Bett. Wir machen." Er gibt ihr ein Nachthemd aus derbem Leinen. Kimberly fragt: „Was ist mit meinem Koffer?"

Jurij übergeht die Frage: „Du Papier?“

„Ich verstehe nicht.“

Jurij deutet auf ihre Handtasche, die auf dem Nachttisch liegt. „Name. Du Name.“

Kimberly begreift, was er will. Sie holt ihren Reisepaß aus der Tasche. Gibt ihn dem Krankenpfleger. Er blättert lange darin herum. Dann sagt er: „Du England.“

„Nein. Schottland. Aber ich wohne zur Zeit in Deutschland.“

„Du allein?“

Kimberly irritiert: „Ich verstehe nicht. Was meinen Sie?“

Jurij denkt eine Zeit nach. Dann sagt er wieder: „Wir machen.“

Schließlich geht er. Den Paß nimmt er mit.

Kimberly hat sich durch ihre Arbeit im Hotel schon eine gewisse Menschenkenntnis angeeignet. Dieser junge Russe ist ihr nicht sehr sympathisch. Sie ist besorgt. Da ihr nichts anderes übrig bleibt, zieht sie sich aus. Sie schlüpft in das Nachthemd und legt sich ins Bett. Sie denkt an ihre Eltern. Vor allem an die Mutter. Auch an Erika und Hans. Ein paar Tränen rollen auf das Kopfkissen.

*

Am nächsten Morgen kommt der Arzt, der sie behandelt hat. Mit einer Helferin. Jurij ist nicht dabei. Der Arzt macht den Verband ab. Entfernt die Klammern. Begutachtet die Wunden. Nickt zufrieden. Legt Pflaster auf und ist verschwunden. Ohne ein Wort an sie oder die anderen beiden Patientinnen zu richten. Kimberly kommt zu dem Schluß, daß ihr auch der Arzt nicht besonders sympathisch ist.

Wenig später taucht Jurij auf. Er gibt ihr den Paß zurück. Kimberly ist erleichtert. Jurij deutet an, daß sie sich anziehen soll.

Dann zeigt er auf sich und sagt: „Ich, du, Hotel." Und verschwindet.

Kimberly steckt ihren Paß ein. Zieht sich schnell an. Doch Jurij kommt nicht zurück. Sie setzt sich auf den Bettrand und wartet. Über zwei Stunden. Wieder überfällt sie Mißtrauen.

Es ist nahezu zwölf Uhr, als Jurij endlich wieder auftaucht. Jetzt ohne den grünen Kittel.

Sie gehen endlose Gänge entlang. Es ist eine riesige Klinik. Schließlich kommen sie ins Freie. Jurij geht mit ihr zu einem Pkw. Ein grauer, unauffälliger Wagen. Kimberly schenkt ihm keinerlei Beachtung. Sie ist froh, daß sie das Krankenhaus verlassen kann.

Jurij weiß offensichtlich, in welches Hotel er sie zu bringen hat. Kimberly versucht nicht mehr, sich mit ihm zu unterhalten. Schaut sich statt dessen interessiert um. Sie bekommt die ersten Eindrücke von Moskau. Im Krankenwagen auf dem Weg in die Klinik hatte sie gar nichts sehen können.

Das Wetter hat sich auch gebessert. Der Himmel ist zwar grau in grau, doch zumindest regnet es nicht mehr.

Die Fahrt dauert eine knappe halbe Stunde. Das Hotel »Zamok« liegt an einer mäßig befahrenen Allee mit dickstämmigen, alten Bäumen und Häusern aus der Jahrhundertwende. Das »Zamok« ist auch alt. Nicht zu groß. Macht einen sehr gepflegten Eindruck. Und vor allem: Der Empfangschef an der Rezeption spricht sehr gut Englisch. Doch zunächst unterhält er sich mit Jurij. In Russisch. Dann verläßt der Krankenpfleger das Hotel.

Der Empfangschef wendet sich an Kimberly: „Ich bin über alles informiert. Geht es Ihnen inzwischen besser?"

„Ja. Ich hatte eigentlich kaum Schmerzen. Es war mehr der Schock."

„Muß ja alles schrecklich gewesen sein. Sie haben laufend im Radio darüber berichtet. Der Flughafen wurde nach Ihrer Landung sofort gesperrt. Sie haben niemanden mehr hereingelassen. Das hätten sie schon früher tun sollen."

„Sind denn viele Passagiere verletzt worden? Im Krankenhaus habe ich mich mit keinem richtig verständigen können."

„Soviel ich weiß, über 20. Die meisten davon konnten das Krankenhaus bald wieder verlassen. So wie Sie."

„Da fällt mir ein, wissen Sie etwas über mein Gepäck?" fragt Kimberly.

„Ist noch nicht da." Der Empfangschef schaut auf seine Armbanduhr. „Müßte aber jeden Moment gebracht werden. Es war ja ein großes Durcheinander, gestern. Die Reiseleitung kümmert sich um alles. Auch darum, daß Sie später zurückfliegen, nach Hamburg. Das hat der Arzt so angeordnet. Für alle Fälle. Wegen Ihrer Kopfverletzung."

„Ich bleibe also länger in Moskau?"

„Ja. Dann können Sie noch die Stadtrundfahrt machen."

„Wann soll denn der Rückflug sein?"

„Soviel ich weiß, ist er auf übermorgen verschoben worden. Das wird Ihnen alles die Reiseleiterin sagen. Sie holt Sie morgen früh ab."

„Oh, fein. Dann wird ja doch noch alles gut."

„Ich darf Ihnen zunächst einmal Ihr Zimmer zeigen."

„Gern. Und wenn der Koffer kommt ..."

„... lasse ich ihn sofort hochbringen."

„Danke. Ich möchte mich umziehen. Wegen des Blutes auf meiner Bluse."

„Selbstverständlich. Hier lang, bitte. Sie haben Zimmer 24. Möchten Sie zu Mittag essen? Das Restaurant hat geöffnet."

„Nein, danke. Ich ruhe mich lieber etwas aus, bis der Koffer kommt."

„Ich werde sofort noch einmal telefonieren, um die Sache zu beschleunigen."

„Danke. Das ist wirklich sehr freundlich von Ihnen."

Es ist ein hübsches Zimmer. Als der Hotelangestellte gegangen ist, läßt sich Kimberly erleichtert auf das Bett fallen. Nur eine Sorge hat sie: Erika und Hans. Sie muß ihnen unbedingt mitteilen, daß sie nicht planmäßig ankommt. Sonst fahren die beiden umsonst nach Hamburg.

Sobald sie von der Reiseleiterin den Flug und die neue Ankunftszeit erfahren hat, will sie versuchen, Erika telefonisch zu erreichen. Mit diesem Gedanken fällt sie in einen tiefen Erholungsschlaf. Die letzten 24 Stunden haben sie sehr mitgenommen.

Kimberly wird erst wieder wach, als es an der Tür klopft. Ein junger Mann bringt ihren Koffer.

Sie zieht sich um. Schaut zur Uhr. Es ist schon nach drei. Sie beeilt sich. Möchte noch einen kurzen Spaziergang machen. Ehe es dunkel wird. Durch Moskaus Straßen bummeln.

Erikas Warnung, nichts allein zu unternehmen, hat sie vergessen.

An der Rezeption hat noch derselbe Angestellte Dienst.

„Leider hat es doch etwas länger gedauert mit Ihrem Koffer. Das tut mir leid."

„Macht nichts. Ich habe mich ausgeruht. Es war doch eine Strapaze."

„Das kann ich mir vorstellen.“

„Übrigens, wie sieht es aus mit einem Telefonat nach Deutschland?“

„Kein Problem.“ Dann etwas einschränkend: „Normalerweise ... Soll ich es gleich einmal versuchen?“

„Nein. Jetzt nicht. Erst wenn ich meine neue Ankunftszeit in Hamburg weiß. Ich muß unbedingt Bescheid geben, daß ich später ankomme. Ich werde nämlich abgeholt. Verstehen Sie?“

„Selbstverständlich. Ich kann versuchen, die Reiseleiterin zu erreichen. Sie weiß ja, wann das Flugzeug landet.“

„Das wäre nett. Dann könnte ich heute abend telefonieren. Jetzt möchte ich ein bißchen an die frische Luft.“

„Ich habe bald Dienstschluß. Wenn Sie bis dahin nicht zurück sind, sage ich meinem Kollegen Bescheid. Und lege Ihnen auch einen Zettel in Ihr Fach.“

„Vielen Dank. Ach, noch etwas. Ich hätte gern zwei Ansichtskarten.“

Kimberly geht zu einem Kartenständer. Wählt eine Moskau-Ansicht für ihre Eltern. Und eine Karte, die das Hotel »Zamok« zeigt. Für Erika und Hans.

Dann fragt sie: „Haben Sie auch Briefmarken?“

„Ja.“

„In welche Richtung sollte ich denn gehen? Ich meine, wo ist es interessanter?“

„Nach rechts weg. Am Ende der Allee kommt eine größere Querstraße. Mit Geschäften, Restaurants und kleinen Cafés. Da ist immer viel Betrieb.“

*

Als Kimberly das Hotel verläßt, weiß sie nicht, daß sie beobachtet wird. Von Jurij. Dem Krankenpfleger aus der Klinik. Er hält sich hinter einem der dicken Alleebäume versteckt. Es ist empfindlich kalt. Er sieht verfroren aus. Hat offensichtlich schon länger auf sie gewartet. Neben seinem rechten Fuß liegen zahlreiche ausgetretene Zigarettenkippen. Er folgt Kimberly unauffällig. Dabei blickt er immer wieder nervös die Straße zurück. Schließlich kommt der Pkw angefahren, in dem er Kimberly ins Hotel gebracht hat. Am Steuer ein fremder Bursche. Er hält neben Jurij an. Reicht ihm eine Flasche. Aus dem geöffneten rechten Seitenfenster.

„Hier. Nimm einen Schluck Wodka."

„Vergiß das jetzt. Wo hast du denn gesteckt? Um ein Haar hättest du alles geschmissen. Du Idiot."

„Ist ja gut."

„Da vorn geht sie."

„Die mit den roten Haaren?"

„Ja. Und jetzt halte dich gefälligst an den Plan. Sonst kriegst du massiven Ärger. Verstanden?"

Jurij nimmt die Verfolgung wieder auf. Sein Komplize bleibt im Auto zurück.

Kimberly merkt nichts von der Gefahr, in der sie schwebt. Sie biegt in die Geschäftsstraße ein. Schlendert unbeschwert an den Schaufenstern entlang. Beobachtet interessiert das russische Alltagsleben. Als sie einen Briefkasten sieht, denkt sie wieder an ihre Ansichtskarten. Sie macht in einem nahegelegenen Café halt. Um die Karten zu schreiben.

Jurij folgt ihr. Holt sich an der Theke einen Schnaps zum Aufwärmen. Er muß befürchten, daß Kimberly ihn wiedererkennt. Verdrückt sich deshalb in eine Nische des Raums. Behält sein Opfer aber im Auge.

Kimberly schreibt zunächst an Erika und Hans:

Hallo, Ihr Lieben,

wenn Ihr diese Karte bekommt, bin ich schon längst wieder bei Euch. Aber ich wollte, daß Ihr das Hotel seht, in dem ich hier wohne. St. Petersburg war wunderschön. Landung in Moskau allerdings eine Katastrophe. Ankunft in Hamburg deshalb verspätet. Rufe Euch heute abend an. Bis dahin - From Russia with love.

Eure Kimberly

Es wird kein Telefonat mehr geben. Erika und Hans werden nichts mehr von ihrem Schützling hören.

Und auch die Karte nach Schottland ist Kimberlys letztes Lebenszeichen. Ihre Eltern und Brüder werden ihre Zeilen erst lange nach ihrem Tod erhalten.

*

Es ist schon dunkel, als Kimberly das Café verläßt. Nebel ist aufgekommen. Sie steckt die Ansichtskarten in den Briefkasten und macht sich schnell auf den Rückweg ins Hotel.

Jurij bleibt ihr jetzt dicht auf den Fersen.

Sie biegt in die Allee ein. Es sind keine Menschen zu sehen. Kimberly spürt, daß sie verfolgt wird. Dreht sich um. Sieht die dunkle Gestalt dicht hinter sich. Jurij hat seinen breiten Schal bis über die Nase gezogen. Kimberly erkennt ihn nicht. Beschleunigt ihren Schritt. Panische Angst kommt auf.

Sie erfaßt auch mich. Ich fange an zu rasen. Je schneller Kimberlys Schritte, desto höher mein Schlagvolumen. 120 Schläge, 140, 160. Die dreifache Menge Blut rauscht durch meine Kammern. Mein dumpfer und mein heller Herzton schlagen bis in Kimberlys Ohren. Ich spüre, es geht um Leben und Tod.

Etwa 100 Meter vor dem Hotel steht der Pkw. An der Beifahrerseite lehnt Jurijs Komplize. Er sieht die Beiden kommen. Öffnet die hintere Autotür. In dem Moment, als Kimberly das Fahrzeug passiert, springt Jurij sie von hinten an. Drückt ihr ein getränktes Tuch auf Mund und Nase. Kimberly registriert nur noch die Umklammerung. Den Geruch von Äther. Dann ist sie bewußtlos.

Blitzschnell ziehen die Männer ihr Opfer auf die Rückbank des Autos. Kein Mensch weit und breit. Niemand beobachtet die Entführung.

Jurij setzt sich neben Kimberly. Sein Komplize geht zur Fahrerseite. Steigt schnell ein. Rast los.

Jurij hantiert in einer schwarzen Tasche. Er holt eine Spritze heraus. Und eine Kanüle. Eiskalt zieht er die Spritze auf. Setzt sie an. Sticht gnadenlos zu. Die Dosis ist nicht tödlich. Doch Kimberly wird nicht mehr aufwachen. Ihr Bewußtsein verabschiedet sich. Hier endet ihre Lebensbahn. Weit weg von Schottland. In einem Auto. In einer nebligen, menschenleeren Allee. In Moskau.

Ich schlage weiter. In Kimberlys regungslosem Körper. Die Männer bringen uns ins Krankenhaus. An den Ort, den wir erst vor wenigen Stunden verlassen haben. Dort entpuppt sich der Arzt, der Kimberlys Platzwunden versorgt hat, als weiterer Mittäter. Er hat uns erwartet. Entsprechende Vorbereitungen getroffen.

Man schiebt uns auf einer Bahre in einen schwach beleuchteten Raum. Medizinische Apparate umgeben uns drohend. Die Männer hieven Kimberlys Körper grob auf einen harten Tisch. Der Arzt beugt sich über uns. Setzt an zu einem langen Schnitt über der Brust. Schneidet mich aus Kimberly heraus. Trennt mich von ihr. Ich spüre nur noch Kälte. Höre auf zu schlagen. Zunächst. Bin gelähmt. In steriler Lösung konserviert.

Was danach geschehen ist, wird mir erst später bewußt. Nicht in allen Einzelheiten. Aber ich kann rekonstruieren, was passiert sein muß.

*

Die Kriminalpolizei ist ins Krankenhaus gekommen.

Kurz angebunden gibt der Arzt zu Protokoll: „Ich habe alle Wiederbelebungsversuche gemacht. Sofort nach der Einlieferung."

Ein zweiter Beamter schreibt mit. Der Hauptkommissar stellt die Fragen.

"Wann war das?"

„Kurz nach 18.00 Uhr. Ich hatte eigentlich schon Dienstschluß. War durch ein Telefonat aufgehalten worden."

„Mit wem haben Sie gesprochen?"

Der Arzt scharf: „Spielt das eine Rolle?"

Der Kommissar etwas verunsichert: „Wahrscheinlich nicht."

„Bei der Untersuchung habe ich gleich den Exodus diagnostiziert. Da war nichts mehr zu machen. Gehirnblutung."

Der Hauptkommissar sieht keinen Grund, die medizinische Aussage des Arztes anzuzweifeln. Er hat Respekt vor dem Mann im weißen Kittel. Auch später stellt keiner die Begründung der Todesursache in Frage. Deshalb verzichtet man auf eine Obduktion.

Die tote Kimberly wird ohne ihr Herz nach Schottland zurückgebracht werden.

Der Hauptkommissar fragt weiter: „Sie führen den Tod auf die Kopfverletzung bei dem Flugzeugunglück zurück?“

Der Arzt ungehalten: „In der Medizin gibt es Ursache und Wirkung. Das habe ich doch versucht, Ihnen zu erklären.“

„Sie sagen, Passanten haben gesehen, wie die Frau auf der Straße umgefallen ist.“

„Ja. Und die haben uns sofort verständigt.“

„Und dann ist der Krankenwagen ausgerückt?“

Der Arzt frostig: „Wollen Sie alles zweimal hören? Sie stehlen mir die Zeit. Das heißt, meinen Patienten. Ich muß auf Visite.“

Der Kommissar unbeirrt: „Den Notarztwagen hat Krankenpfleger Jurij gefahren. Können wir den sprechen?“

„Jederzeit.“ Im Verlassen des Raums: „Wenn er Dienst hat. Das müssen Sie schon selbst erfragen. Sie entschuldigen mich, meine Herren.“

Der Kommissar mit einem vielsagenden Blick zu seinem Kollegen: „Oh, oh! ... Am besten wird sein, wir verständigen erst einmal die schottische Botschaft. Damit der Rücktransport der Leiche veranlaßt wird.“

Der zweite Kommissar: „Du meinst die Botschaft von Großbritannien.“

Der Hauptkommissar: „Selbstverständlich. Du Schlaumeier.“

„Wir müssen auch ins Hotel. Die Sachen der Toten abholen.“

„Richtig. Das sollten wir vorher machen. Vielleicht erfahren wir da noch etwas über die Frau. Der Arzt war ja wirklich kurz angebunden.“

Abgesehen von der Tatsache, daß es sich bei der Toten um eine Ausländerin handelt, ist die Bearbeitung des Falls für die Beamten Routine. Auf dem Aktendeckel wird stehen: »Unfall mit natürlicher Todesfolge.«

In Wahrheit handelt es sich um Mord. Er bleibt UNGEKLÄRT!

*

In Moskau wird Kimberlys Rückführung nach Schottland in die Wege geleitet. Ich, das Herz, bin schon vorher in andere Richtung transportiert worden. Offensichtlich in einem Flugzeug. In ein anderes Land.

Ich weiß nicht, wieviel Zeit vergangen ist.

Plötzlich spüre ich, wie die Lähmung von mir weicht. Meine Herzkammern sich wieder mit Blut füllen. Der Sinusknoten, mein Schrittmacher, Impulse abgibt. Ich mache meinen ersten zaghaften Herzschlag. Dann den zweiten, dritten ... Stolpern ... Stillstand ...

Elektrischer Impuls von außen. Ich zucke. Bäume mich auf. Ich schlage erneut. Bald regelmäßiger. Ich bin nicht tot. Aber wo bin ich? Wo sind Kimberlys leuchtenden Seelenstrahlen?

Mich umschließt Dunkelheit. Das Blut, das in meine Herzkammern drückt, ist mir fremd. Unangenehm. Ich muß es weitertransportieren. Muß weiterschlagen. In einem fremden Körper.

Ich bin geraubt worden. Verkauft. Für viele Rubel. Bin transplantiert worden. In einen Körper mit dunkler Seele. Ich habe nicht gewußt, daß es so etwas gibt. Ich trauere um mein früheres Zuhause. In meiner geliebten Kimberly.

*

Erika und Hans sind untröstlich über den Verlust ihrer jungen schottischen Freundin.

Sie waren zur vereinbarten Zeit nach Hamburg gefahren, um Kimberly vom Flughafen abzuholen. Als sie in der Ankunftshalle vergebens auf sie gewartet hatten und dann erfuhren, daß sie nicht an Bord war, überkam beide sofort große Angst. Sie fühlten sich ja für Kimberly verantwortlich.

Noch vom Flughafen aus telefonierten sie mit dem Verlag, dessen Name Erika notiert hatte. Doch die zuständige Mitarbeiterin konnte sich auch nicht erklären, weshalb Kimberly nicht planmäßig zurückgekehrt war.

„Sind Sie sicher, daß Sie sich nicht verfehlt haben?"

Erika: „Ganz sicher! Wir waren ja schon bei der Fluggesellschaft. Mein Mann und ich. Sie haben die Passagierliste durchgesehen. Ihr Name steht nicht drauf. Sie war effektiv nicht an Bord."

„Das ist eigenartig."

„Eben. Wir machen uns große Sorgen. Hoffentlich ist nichts passiert. Was sollen wir denn tun?"

„Ich kann mir im Moment auch nicht erklären, warum sie nicht an Bord war. Aber ich werde mich sofort darum kümmern."

„Sollen wir zu Ihnen kommen? Wir sind nämlich nicht aus Hamburg."

„Ich glaube, das hat wenig Sinn. Wer weiß, wie lange es dauert, bis ich in Moskau die richtigen Leute ans Telefon bekomme. Fahren Sie erst einmal nach Hause. Ich rufe Sie sofort an, wenn ich Näheres weiß."

Nach qualvollen Stunden des Wartens und einer schlaflosen Nacht erfahren Erika und Hans schließlich, daß Kimberly tot ist. Daß sie bei einem Flugzeugunglück am Kopf verletzt worden, und daß es tags darauf zu einer tödlichen Gehirnblutung gekommen war. Die offizielle Version also.

*

Etwa zur gleichen Zeit spielt sich im Elternhaus in Schottland ein stilles Drama ab. Auch hier ist die Nachricht von Kimberlys Tod eingetroffen. Über die Botschaft. Valerie erleidet einen

Schock. Sie braucht ärztliche Hilfe. Bill und die Brüder Jim, John und Jack sind wie versteinert. Sie sind nicht in der Lage, miteinander zu sprechen. Sich zu trösten. Jeder leidet unsäglich. Für sich allein.

*

Auch mir geht es unbeschreiblich schlecht. Ich schlage wider Willen. Hasse die dunkle Seele, die mich umgibt.

Inzwischen weiß ich, daß sie zu einem deutschen Geschäftsmann gehört. Eine Krankenschwester spricht gebrochen deutsch mit ihm. Die Unterhaltung des restlichen Krankenhauspersonals verstehe ich nicht.

Der reiche Mann hat sich das neue Herz leisten können. Mich leisten können. Illegal. Im Ausland.

Wo wurde die Transplantation durchgeführt? In welchem Land? In welcher Stadt?

Wieviel hat sie gekostet?

Es interessiert mich nicht. Ich bin nur müde. Will unter diesem unrechten Zustand nicht mehr schlagen.

Ich denke ganz fest an Kimberly. An ihre lichte Seele. An unser glückliches Leben. Früher ... Ich treffe die Entscheidung:

Ich höre auf zu schlagen!

Kein Sieg für die Medizin. Vor allem aber: Kein Sieg für das Verbrechen.

Es wird auch hier eine offizielle Version geben: Der Körper hat das fremde Organ nicht angenommen.

*

Die alten Griechen waren der Ansicht: Das Herz ist die Seele. Waren sie wirklich einem Irrtum unterlegen?

Plötzlich umgibt mich ein Leuchten. Es ist Kimberlys Seele. Wir kehren zusammen heim. Zurück nach Schottland. Zu Kimberly.

Niemand kann uns mehr verletzen. Auf dieser Welt. Niemand kann uns trennen.

3. Novelle

Mit der Mutter in den Tod

Todesbahn

Von fern her klingt ein feiner Ton,
vibrierend in der Sphäre,
fast ungehörtes Megaphon,
geöffnet noch die Schere.

Doch unaufhaltsam auf den Wellen,
gerad' den Weg voraus,
verliert er bald den Ton, den hellen,
im Zielflug auf das Aus.

In Hast entlang der Häuser Schlucht,
kommt dröhnend er im Wahn,
macht keinen Halt in Nische, Bucht,
auf seiner Todesbahn.

Ein harter Stop im Todesritt,
dem Schicksal einerlei,
die Schere zu, ein scharfer Schnitt,
Erkenntnis, aus, vorbei.

Nichts mehr nach diesem Laserstich,
kein Aug', nur Glut so rot,
zu fragen: warum grade ich?
Die Antwort gibt kein Tod!

Auch ich bin ermordet worden. Es war ein doppeltes Verbrechen. Eines der schlimmsten sogar. Jedenfalls hat es in unserer Stadt so etwas noch nicht gegeben. Und keiner hat es richtig eingeordnet. Ich meine, das mit mir. Und daß es im Grunde genommen um Doppelmord geht. Ja. Doppelmord! Nicht im Sinne des Gesetzes. Aber in meinem Sinn. Für mich. Die Herren Richter sehen das ganz anders. Sie schauen nicht über den Seitenrand des Gesetzbuches hinaus.

Mich erstaunt es jedenfalls sehr, daß immer nur von »dem Mord« gesprochen wird, »dem Opfer«. Dabei gibt es doch auch mich: Thekla. Das zweite Opfer.

Meine Mutter - sie trägt den hübschen Namen Christine - meine Mutter, die würde mich verstehen. Da bin ich mir ganz sicher. Aber sie kann mir dazu nichts mehr sagen. Geschweige denn, mir in dem Unrecht helfen, das hier geschieht. Nein, das geht nicht mehr. Meine Mutter ist ja ermordet worden. In erster Linie sozusagen. Sie ist das Opfer. Vor dem Gesetz, wie gesagt. Und in der Öffentlichkeit.

Ich? Ich trage zunächst einmal an allem die Schuld. Ich bin das Corpus delicti. Ich, das Ungeborene. Ich, Thekla, wie ich einmal heißen soll.

Mein Gott, wenn ich nur daran denke, wie es damals war.

Es gab mich schon nahezu fünf Monate, und er wußte immer noch nichts davon. Er, das ist Norbert, der Lebensgefährte meiner Mutter Christine. Natürlich hätte er schon rein äußerlich längst etwas merken müssen. Einmal hat er auch verwundert gefragt:

„Hast du zugenommen?“

Aber das war schon alles. Ich muß allerdings auch sagen, daß Christine zu den Frauen gehört, denen man die Schwangerschaft erst sehr spät ansieht. Wie dem auch sei, meine Mutter hat sich einfach nicht getraut, Norbert von meiner Pseudoexistenz etwas zu sagen. Warum? Das habe ich schon geahnt. Wie oft hat sie sich tagsüber alles genau zurechtgelegt. Jedes Wort, jeden Satz. Ich habe dann still dazu genickt.

Sie hat mich ja immer gefragt, wie ich das finde, was sie ihm sagen will. „Das müßte er doch verstehen, nicht wahr, mein Engelchen?" Sie nennt mich nicht Thekla, wie ich getauft werden soll, sondern Engelchen oder mein kleiner Engel.

Manchmal habe ich auch in meiner warmen, durchsichtigen Kugel ordentlich gestrampelt, um ihr meine Zustimmung zu signalisieren. Eine andere Möglichkeit, mich bemerkbar zu machen, gab es ja nicht. Damals.

Zu diesem Norbert, den meine Mutter liebt. Ich will nicht verhehlen, daß ich ihn nicht sonderlich mag. Vielleicht hätte sich das später noch geändert. Ich meine, wenn alles seinen normalen Lauf genommen hätte. Nun, dazu ist es nicht gekommen. Vielleicht ist mir dadurch auch vieles erspart geblieben: Schreckliches, Niederträchtiges, Leid, Elend. Das ist ja sowieso eine Sache für sich: das Hinausbefördert-Werden aus der schützenden Hülle. Hinaus, ohne gefragt zu werden. Ins Leben.

Und wie schlimm war das erst im Tod. So, wie ich es später erleiden mußte. Als ich ermordet wurde.

Aber noch bin ich ja in meiner sicheren Kugel. Geschützt. Warm. Ich habe genau gewußt, daß Christine die Wahrheit nicht mehr lange verschweigen konnte. Und dann war es soweit. An einem Freitag.

*

Wir sitzen alle im Wohnzimmer. Norbert ist früher nach Hause gekommen. Er fühlt sich nicht gut. Eine leichte Erkältung. Er macht aber eine schlimme Grippe daraus.

Christine hat ihm gleich einen Tee gekocht. Hagebutten mit Pfefferminz gemischt. Dann hat sie ihn ordentlich bedauert.

„Das tut mir aber leid. Wo hast du dir das denn bloß geholt?"

„Weiß ich doch nicht", murrt er.

„Vielleicht hättest du den Pulli anziehen sollen, heute morgen. Ich habe ihn dir doch noch hingelegt."

„Hättest du, hättest du ...", äfft er sie nach. „Du weißt ja immer alles besser."

„Ach komm, Norbert, das wird schon wieder." Sie streicht ihm über das Haar und fährt fort: „Trink noch mal von dem Tee, ehe er kalt wird."

Ihre Anteilnahme ist ehrlich gemeint. Meine Mutter ist ein sehr mitfühlender Mensch. Ganz bestimmt. An diesem Tag hat sie allerdings einen Hintergedanken: Ihn friedlich zu stimmen, damit sie endlich das Thema anschneiden kann. Ihm sagen, daß es mich gibt.

Sie hat sich zu ihm gesetzt. Sich auch einen Tee eingeschenkt. Und dann hat sie ganz ohne Umschweife gesagt: „Ich bin schwanger."

Ich bin total baff gewesen. Nach all den Reden, die sie zu diesem Thema geprobt hatte. Nun dieser knappe Satz: Ich bin schwanger!

Ich habe mich von meinem Erstaunen noch nicht erholt, da sagt er, ebenso kurz: „Sag' das noch mal."

„Ich bin schwanger."

Was dann geschieht, kann ich kaum in Worte fassen. Es ist entsetzlich. Ich habe zum ersten Mal richtig Angst gehabt. In meiner kurzen Daseinsphase hatte ich so etwas noch nicht erlebt.

Norbert ist hochgefahren wie eine Rakete. Er brüllt: „Du bist schwanger? Habe ich richtig gehört? Schwanger?"

Christine: „Ja."

Norbert: „Das darf doch wohl nicht wahr sein ... schwanger ... nein, nein ..." Er dreht sich ein paar Mal im Kreis. Sein Gesicht ist gefährlich rot angelaufen. Dann läßt er sich wieder in den Sessel fallen. Nach dieser ersten Explosion Eiseskälte.

Ich spüre förmlich, wie meine Mutter leidet. Sich Herz und Kehle zusammenschnüren. Sie zittert sehr. Innerlich. Meine Kugel, in der ich bisher ruhig lag und angestrengt zugehört habe, schaukelt bedenklich hin und her. Doch meine Mutter nimmt ihren ganzen Mut zusammen.

Sie sagt tapfer: „Egal, wie du dazu stehst, ich freue mich auf das Baby."

Jetzt wieder wütend schreit er:

„Du hast doch genau gewußt, daß ich kein Kind will. Hab' ich dir das nicht immer wieder gesagt? Jedesmal, wenn du davon angefangen hast?"

Er springt auf. Packt sie hart an den Schultern. Schüttelt sie und brüllt: „Sag ..."

Christine: „Ja, aber ..."

„Nichts aber."

„Au, du tust mir weh."

Er stößt sie hart von sich. Wendet sich ab und sagt mehr zu sich selbst: „Oh, nein ... nicht mit mir ... schwanger ... ein Kind ..." Er ist aschfahl geworden. Sinkt in den Sessel. In sich zusammen.

Nach einigem Nachdenken sagt er eiskalt: „Das läßt du wegmachen."

In Christine kommt Angst auf. Aber auch Wut. Sie sagt entsetzt: „Bist du verrückt? Ich bin im fünften Monat schwanger ... fast."

„Das wird ja immer schöner ... Du weißt es schon so lange ... Ohne mir was zu sagen ... Das hast du extra gemacht. Na klar. Damit die Abtreibung nicht mehr möglich ist ... Mein Gott, wie raffiniert du bist."

Christine verzweifelt: „Ich will keine Abtreibung ... Kommt überhaupt nicht in Frage. Hör mal ..." Sie ist zu ihm hingegangen. Hat versucht, den Arm um ihn zu legen. „Meinst du nicht, du könntest dich mit dem Gedanken anfreunden, eine kleine Tochter zu haben?"

Er ist wieder aus dem Sessel aufgesprungen. Dabei stößt er sie von sich. Fast fällt sie hin. Auch ich erlebe einen unliebsamen Ruck in meiner kleinen Kugel. Es hätte mir normalerweise nicht viel ausgemacht. Ich turne nämlich gern herum. Wenn es mir nicht um meine Mutter gewesen wäre. Ich habe alles mit ihr gefühlt. Auch die leiseste Emotion. Alles.

Das ist übrigens etwas ganz Wunderbares. Diese tiefe Verbundenheit. Das „Zwei-in-Einem-Sein". Jede Freude gemeinsam zu empfinden. Leider aber auch das Häßliche, so wie eben. Mir ist klar: In diesen Minuten werden für meine Mutter und für mich die Weichen gestellt. Unmißverständlich.

Norberts Erkältung scheint wie weggeblasen. Er läuft aufgeregt im Wohnzimmer hin und her. Ohne Unterbrechung. Dabei wiederholt er immer wieder:

„Schwanger - verrückt - schwanger - verrückt - schwanger ..."

Für einen Moment bin ich mir nicht sicher, wie er das mit dem »verrückt« meint. Ich frage mich, ob er gar durchdreht.

Dann bleibt er abrupt stehen. Er schaut Christine lange ungläubig an. „Habe ich das vorhin richtig gehört, das mit »kleine Tochter«?"

„Ja."

„Ein Mädchen also."

„Ich habe eine Ultraschalluntersuchung machen lassen."

Ungehalten faucht er: „Alles hinter meinem Rücken. Aber diese Rechnung geht nicht auf. Das schwöre ich dir." Er läßt sich wieder in den Sessel fallen. Seine Stimme ist jetzt kontrolliert. „Die Diskussion können wir beenden. Ich sage nur noch soviel: Laß es wegmachen! Sonst sind wir geschiedene Leute."

„Was heißt hier geschieden? Du tust ja gerade so, als seien wir verheiratet." Und dann bricht es aus ihr heraus: „Heiraten, das willst du ja auch nicht. Ehe. Und Kinder. Das ist ja nur was für die anderen. Nicht für dich. Nicht für einen Herrn Norbert. Nein. Du willst ja weiter mit deiner Freiheit prahlen. Weißt du, was du bist?"

„Du wirst es mir schon sagen."

„Ein ganz mieser, charakterloser Egoist. Jawohl. Dir wär's doch völlig egal, wenn bei der Abtreibung was passiert mit mir. Ich meine gesundheitlich. Aber dazu wird es nicht kommen. Ich werde Thekla zur Welt bringen. Egal was kommt. Hast du mich gehört?"

„Thekla? Ach, ich verstehe. Einen Namen hast du auch schon für den Balg. Na bitte. Du brauchst mich doch sowieso nicht."

Christine versucht zu beschwichtigen. „Wir können auch einen anderen Namen ..."

Er unterbricht sie: „Oh, Mann. Ich muß raus hier."

Christine hat dann noch verzweifelt gerufen: „Norbert, so warte doch!“

Aber da ist er schon draußen gewesen. Die Tür ist mit einem Knall zugefallen.

Wir beide, meine Mutter und ich haben dann ganz gotterbärmlich geweint. Zunächst nur sie. Ich bin im tiefsten Innern - wortwörtlich - nicht ganz so erschüttert gewesen. Ich habe Norberts Reaktion doch irgendwie vorausgeahnt. Dennoch, als meine Mutter so schrecklich weinte, konnte auch ich nicht anders. Schließlich hat sie sich eine Strickjacke über die Schultern gelegt. Wir haben auch das Haus verlassen.

*

Wir gehen, das heißt, Christine geht mit mir ein paar Straßen entlang. Wahllos. Unsere Tränen laufen simultan. Sie versiegen nur langsam. Dann nur noch sporadisch tiefes Schluchzen. Jeweils so plötzlich, daß ich so schnell gar nicht reagieren kann. Ich gebe jedesmal im Nachhinein einen Stoßseufzer von mir. Wie ein kleines Echo. Es scheint, als würde sie das beruhigen. Deshalb bemühe ich mich ganz besonders. Ich möchte ihr irgendwie helfen. Sie von dem Alptraum befreien. Schließlich sind wir in einen Bus gestiegen. Haben uns gleich vorn auf den ersten Platz hingesetzt.

Ich muß sagen: Busfahren, das ist für mich das Größte. Das war von Anfang an so. Ich weiß gar nicht mehr genau, wann ich es das erste Mal so richtig empfunden habe. Sicher nicht bei der ersten oder zweiten Fahrt. Nein. Da war ja noch alles recht nebulös. Aber irgendwann ist es dagewesen. Das sanfte Wiegen während der Fahrt. Auch der plötzliche Ruck beim Anhalten macht mir nichts aus. Obwohl ich weiß, daß meine Mutter eher darüber schimpft.

Auf der Fahrt verfolge ich die vorüberziehenden Häuserwände mit den vielen Fenstern. Die vorbeifliegenden Baumwipfel. Sie waren zuerst kahl und grau. Dann kamen zartgrüne Blätter. Jetzt ist alles voll erblüht. Ich nehme die Bilder wahr. Voller Spannung. Durch die Augen meiner Mutter. Aus meiner Perspektive. Ja, das Busfahren ist einfach schön. Im Gegensatz zum Autofahren.

Das ist der Horror für mich. Abgesehen davon, daß der Blickwinkel schlecht ist. Es ist ja so, daß ich aus meiner Kugel heraus nicht immer alles wahrnehmen kann. Eingeengt bin in meiner Perspektive. Aber nicht nur das. Es ist das ganze Geschehen beim Autofahren. Wenn meine Mutter auf Bremse und Kupplung tritt. Sich über die anderen im Verkehr ärgert. Die Schrecksekunden in einer Gefahrensituation. Und vor allem der Sicherheitsgurt. Gut. Der muß sein. Heißt es. Aber für mich ist er wie eine Kralle, die mich jeden Moment zerquetschen kann. Zumindest bilde ich mir das ein. Nein. Autofahren ist nichts für mich. Ich empfinde es als schrecklich. Beängstigend.

Aber jetzt sind wir ja im Bus. Wir fahren schon eine ziemlich lange Strecke. Länger als je zuvor. Meine Mutter ist in einem tranceartigen Zustand. Ich beobachte sie aufmerksam. Besorgt. Aber ihr entrinnt kein Stoßseufzer mehr. Sie blickt gedanken- und regungslos durch die breite Frontscheibe. Sie hat auch mich vergessen. Für den Moment zumindest.

„Endstation“, höre ich den Busfahrer sagen.

Christine schaut noch immer mit starrem Blick geradeaus. Sie hört ihn nicht.

Er wiederholt: „Endstation. Alles aussteigen.“

Ich versuche, zu signalisieren. Strampele wild herum in meiner Kugel. Keine Reaktion.

Der Busfahrer dreht sich zu uns um.

Er sagt: „Weiter geht's nicht, mein Fräulein.“

Christine leicht verwirrt: „Endstation?“

„Ja."

„Ach ... So was Dummes."

„Haben Sie den richtigen Ausstieg verpaßt? ... Wo wollen Sie denn hin?"

„Weiß ich nicht ... Jedenfalls nicht hierher."

Der Busfahrer schaut Christine überrascht an. Er sagt etwas nachdenklich: „Tja ... So ganz ohne Ziel unterwegs ..." Er scheint keine Antwort zu erwarten. Der Busfahrer - er heißt übrigens Karl, wie wir später erfahren - holt seine Brotzeit hervor. Er beginnt, schweigend zu essen.

Ich - und sicher auch meine Mutter - spüren instinktiv, daß wir hier einem besonders netten Menschen begegnet sind. Christine nimmt ihre Umwelt langsam wieder wahr.

Sie fragt den Busfahrer: „Entschuldigen Sie, daß ich störe. Fahren Sie wieder zurück in die Stadt?"

„Ja. Aber jetzt gibt's erst einmal eine Pause. 20 Minuten."

„Das macht nichts. Ich warte so lang."

„Können sich ja ein bißchen die Füße vertreten. Draußen."

„Darf ich nicht einfach hier sitzen bleiben?"

Der Busfahrer lacht: „Aber natürlich. Hab' gar nichts dagegen. Im Gegenteil. Da hab' ich gleich ein bißchen Gesellschaft."

„Mir ist aber nicht zum Reden zumute."

„Macht nichts. Dann schweigen wir eben."

„Tut mir leid, aber ich ..."

Der Busfahrer kommt ihr zu Hilfe: „Schon okay. Ich kenne die Tage, an denen man ganz fertig ist. Zur Genüge ..." Nach einer Weile sagt er noch: „Meistens setze ich mich in der Pause ja auf die Bank da drüben und esse mein Brot im Freien. Aber dazu habe ich heute auch keine Lust.“

Wir haben dann schweigend dagesessen. Fünf Minuten. Zehn Minuten. Karl, der Busfahrer, hat hier und da verstohlen zu uns hergeschaut. Christine hat es gar nicht bemerkt. Wenn ich nur gekonnt hätte, wie gern hätte ich mich mit Karl unterhalten. Ihm erzählt, wie schäbig sich Norbert verhalten hat. Wie traurig meine Mutter ist. Wie verzweifelt. Was für Probleme sie hat. Wegen mir. Obwohl ich ja nichts dafür kann. Und so weiter ... Und so weiter.

Schließlich sind die ersten Fahrgäste gekommen. Vereinzelt. Einige scheinen Karl zu kennen. Sicher fahren sie die Route öfters. Regelmäßig. Die üblichen Wortfetzen gehen hin und her.

„Guten Tag.“

„Tag, auch.“

„Wie geht's?“

„Danke gut. Und selbst?“

„Kann nicht klagen.“

Worte, die überflüssig scheinen. Und die doch so wichtig sind, weil sie die Kälte aus dem Alltag nehmen. Eine unverbindliche Vertrautheit schaffen unter den Menschen, die sich nicht kennen.

Christine ist dann aufgestanden und zu Karl gegangen. Hat ihm Geld hingelegt für die Rückfahrt.

Karl hat sie angeschaut. Gelächelt. „Schon gut, mein Fräulein. Das kostet nichts. Ich fahre doch sowieso in die Stadt. Schließlich muß ich Sie doch wieder zurückbringen.“

„Das ist wirklich nett. Vielen Dank.“

„Gern geschehen. Und alles Gute. Ihnen. Wird schon wieder werden."

„Da bin ich mir im Moment gar nicht sicher."

Der Busfahrer zuversichtlich: „Doch, doch. Und Kopf hoch. Auch wenn's schwer fällt."

Ich finde es toll, wie Karl die Situation erkannt hat. Wie er Mitgefühl gezeigt hat. Ganz unaufdringlich. Ohne zu wissen, was passiert ist.

„Wo müssen Sie denn nun aussteigen? Ich frage nur, damit Sie's nicht wieder verpassen."

„Am Wilhelmsplatz."

„Gut. Ich ruf's aus."

„Danke. Aber das passiert mir nicht noch einmal."

Beim Aussteigen hat Karl uns nett zugelächelt. Ich mochte ihn auf Anhieb. Wir sind dann schnell nach Hause gegangen. Weil es schon dunkel war. Norbert ist natürlich noch nicht zurück gewesen. Christine hat auch gar nicht geschaut nach ihm. Sie ist sofort ins Bett gegangen. Ob sie noch lange wach gelegen hat, weiß ich nicht. Ich jedenfalls bin sofort eingeschlafen.

*

Die nächsten Tage sind ziemlich trostlos gewesen. Norbert hat sich so gut wie gar nicht blicken lassen. Meistens ist er erst sehr spät nach Hause gekommen. Oft betrunken. In solchen Momenten hat sich meine Mutter so klein wie eine Maus gemacht. Den Bauch unter einer lockeren Bluse versteckt. So gut es ging. Um das Reizthema »Baby« nicht aufkommen zu lassen. Sie hat sich immer etwas gefürchtet vor ihm. Gesprochen hat er fast kein Wort mehr.

Ich weiß nicht genau, was in seinem Kopf vorging. Manchmal habe ich das Gefühl, daß er doch versucht, sich mit dem Gedanken vertraut zu machen. Dem Gedanken, daß es mich eines Tages geben wird.

Dieser Hoffnungsschimmer wurde spätestens beim nächsten Streit zunichte gemacht. Und Zank hat es oft gegeben. Jedesmal dann, wenn das Thema auf mich kam: Thekla, das Ungeborene. Es war nicht zu vermeiden. Meine Mutter war dann immer ganz kaputt. Verständlicherweise. Das hat sich natürlich auf mich übertragen. Wie gesagt, diese Tage sind ziemlich trostlos gewesen.

*

Die Vormittage sind auch nicht gerade erfreulich. Dies allerdings mehr für mich als für Christine.

Wir haben, das heißt, meine Mutter hat einen Halbtagsjob. Im Büro. Nicht weit von zu Hause. Wir laufen zu Fuß hin. Das ist noch ganz amüsant. Da gibt es eine Menge wahrzunehmen. Die Leute, denen wir begegnen. Auto- und Fahrradfahrer. Hier und da ein Hund. Eine Katze. Schaufenster. Bäume. Den Himmel, wenn es nicht gerade regnet oder neblig ist.

Gestern war so ein nasser Tag. Meine Mutter hat ordentlich geschimpft. Auf das triste Wetter. Mir hat es nichts ausgemacht. Ich habe die ganze Strecke zum Büro das bunte Regenschirm-Dach über uns gespürt. Christine hat einen wunderschönen Regenschirm. Rot-blau-gelb gestreift. Wie ein Karussell-Dach.

Christine erledigt Buchhaltungsarbeiten oder so. Genau weiß ich es nicht. Es ist eine sogenannte sitzende Tätigkeit. Wie es so schön heißt. Und das bedeutet für mich Null-Perspektive. Oder fast Null.

Aus meiner transparenten Kugel heraus sehe ich Stöckelschuhe. Ja. Stöckelschuhe. Jeden Tag in einer anderen Farbe. Gestern waren es rote mit Applikationen. Heute sind sie hellblau. Mit dünnen, goldfarbenen Absätzen. Sie, die Stöckelschuhe, gehören zu Christines Kollegin. Sie hat ihren Schreibtisch genau gegenüber. Und das ist mein Blickwinkel. Ich kenne inzwischen alle ihre Pumps, wie sie ja auch genannt werden. Ich mache mir schon einen Sport daraus. In der Früh. Ehe wir ins Büro kommen.

Ich sage zu Christine: „Wetten, daß sie heut' die grünen anhat?" (oder die roten, die braunen ...)

Jeden Morgen biete ich meiner Mutter meinen Tip an. Manchmal rate ich auch richtig. Vor allem bemerke ich sofort, wenn sie neue Stöckelschuhe anhat. Und das ist nicht selten. Sie hat einfach einen Tick in der Richtung. Was ich nicht weiß ist, wieviel Paar Pumps sie insgesamt besitzt. Das mit dem Zählen, das habe ich schon versucht. Haut aber nicht hin. Naja. Das lernt man eben viel später. Normalerweise. Ich werde es nie lernen. Weil ich vorher ermordet werde.

Heute hat Christines Kollegin schon den ganzen Vormittag die Schuhe ausgezogen. Wir haben nämlich heiße Sommertage. Die machen meiner Mutter auch zu schaffen. Sie klagt hier und da. Es ist schwül im Büro. Die Pumps der Kollegin sitzen wie angegossen. Bei normalem Wetter. Wenn es heiß ist, so wie heute, schwellen die Füße an. Werden die Stöckelschuhe unbequem. An diesen Tagen ist es nicht ganz so langweilig. Ich amüsiere mich darüber, wie sie die Schuhe mit den Zehen unter dem Schreibtisch sucht. Wenn sie aufstehen muß. Sie scheinen sich wie von selbst zu verkrümeln. Immer aufs Neue. Ein bescheidener Spaß in langweiligen Stunden.

Der Tag ist dann aber doch noch sehr lustig geworden.

Als wir aus dem Bürohaus kommen, ruft meine Mutter begeistert: „Welch ein blauer Himmel. Herrlicher Sonnenschein." Dann sagt sie zu mir: „Weißt du was, mein Engelchen, wir gehen nicht nach Hause. Bei dem herrlichen Wetter. Wir gehen Einkaufen."

Einkaufen finde ich auch prima. Ich habe vor Freude einen wilden Sprung getan. In meiner kleinen Kugel. So wild, daß meine Mutter erschreckt die Hände gegen ihren Bauch preßt. Ihr ist ja ohnehin nicht so gut. Heute. Ich muß einfach etwas rücksichtsvoller sein.

Christine: „Ruhig, ruhig, mein kleiner Engel ..." Sie steuert auf das nahegelegene Geschäft »Für Baby und Kind« zu. Ich kenne es schon. Sie sagt: „Wir suchen ein paar hübsche Sachen aus. Für dich."

Eigentlich habe ich schon genug Babysachen: Strampelhöschen, Kleidchen ... Alles zu Hause. Versteckt im Schrank. Hinter der Bettwäsche. Um Norbert nicht zu reizen. Schöne, bunte Babysachen, die ich nie tragen werde.

Aber das weiß meine Mutter Gott sei Dank nicht. Und so kauft sie immer neue Sachen. Heute auch. Sie findet sie einfach süß. Verläßt glücklich und zufrieden das Geschäft. Wir schlendern die Straße entlang. Es geht ihr wieder besser. Die frische Luft tut ihr gut. Wir kommen an einem Fischimbiß vorbei. Meine Mutter verspürt plötzlich Heißhunger auf Saures. Bleibt stehen.

Sie sagt zu der Verkäuferin: „Eine Heringssemmel bitte. Mit viel Zwiebeln. Und vier saure Gurken."

„Zum hier essen?"

„Nein, zum Mitnehmen."

Danach sind wir immer noch nicht nach Hause gegangen. Dann kam erst die größte Überraschung. Zu meiner Freude eröffnet meine Mutter mir: „Weißt du was, Engelchen? Wir fahren jetzt mit dem Bus ein Stück raus. Es ist einfach so herrlich heute."

Ich weiß nicht, ob es Zufall war. Oder hatte meine Mutter bewußt Karls Bus ausgesucht? Jedenfalls saß er am Steuer. Christine sagt: „Bis zur Endstation."

Der Busfahrer schaut auf. Erkennt sie. Lächelt. „So, so ... Sind Sie sich da auch ganz sicher?"

„Ganz bestimmt."

Der Bus ist voll um diese Zeit. Der Busfahrer hat längst erkannt, daß Christine schwanger ist. Er schaut einen jungen Mann auf dem vorderen Sitz intensiv an. Der begreift den Wink. Steht auf.

Christine: „Oh, vielen Dank."

Wir setzen uns. Der Bus fährt an. Christine lächelt still in sich hinein. Ich wiege mich sanft in meiner weichen Kugel. Spüre, wie wohl sich meine Mutter fühlt. Sie blinzelt in die Sonne, den blauen Himmel. Wir sind glücklich. Viel zu schnell kommen wir an der Endstation an. Die letzten vereinzelten Fahrgäste verlaufen sich. Der Busfahrer nimmt seine Brotzeit. Steht auf.

Er sagt wie selbstverständlich: „Heute setzen wir uns aber raus, bei dem schönen Wetter."

Christine nimmt ihre Einkaufstasche. Folgt ihm. Sie antwortet: „Ja. Gern."

Wir setzen uns mit Karl auf die Bank. Er holt seine Brote hervor. Betrachtet die beiden Scheiben.

Dann fragt er: „Möchten Sie das Wurst- oder das Käsebrot?"

Christine: „Vielen Dank. Das ist sehr nett von Ihnen. Aber ich habe mir auch etwas zu essen mitgebracht."

Er lächelt verschmitzt: „So, so. Dann wollten Sie also wirklich bis zur Endstation. Übrigens: Ich bin Karl, der Busfahrer. Sie nennen mich alle so."

„Und ich bin die Christine."

Karl steht auf. Gibt ihr die Hand. Ganz Kavalier verbeugt er sich höflich. Dabei sagt er: „Angenehm, Fräulein Christine." Er setzt sich wieder. Schaut schräg auf ihren Bauch und setzt nach: „Eigentlich muß ich wohl »Frau« Christine sagen."

Meine Mutter ist sehr verlegen. Sie fragt zögernd: „Haben Sie es bemerkt?"

„Aber freilich. Gleich beim ersten Mal. Als Sie mit mir gefahren sind. Ich habe ein Auge dafür ... Übrigens, an dem Tag waren Sie ja nicht gut beisammen ... Freut mich, daß es Ihnen wieder besser geht."

Christine ist immer noch verlegen. Holt die Heringssemmel hervor.

„Möchten Sie vielleicht eine saure Gurke zu Ihrem Brot?"

Karl: „Gern. Vielen Dank. Da rutscht es besser. Ich will übrigens nicht neugierig sein."

„Nein, nein. Sie haben das schon richtig erkannt. Neulich. Da war ich wirklich am Ende. Restlos."

Sie fängt plötzlich wieder an, heftig zu weinen. Karl legt den Arm tröstend um sie.

„Was gibt es denn nur so Schlimmes, das Sie so zum Weinen bringt?"

Christine beruhigt sich langsam.

„Ich weiß nicht, ob ich es Ihnen sagen kann."

„Nun hören Sie mal, junge Frau: Mir können Sie alles sagen. Bestimmt."

Meine Mutter hat ihm dann die ganze Geschichte erzählt. Wie Norbert reagiert hat, nachdem sie ihm gesagt hatte, daß sie schwanger sei. Und wie gemein er sich seitdem verhält.

Karl: „Gibt es das denn wirklich? Daß sich ein Vater nicht auf sein Kind freut?"

„Sie sehen's ja. Dabei bin ich so glücklich. Freue mich riesig auf das Kind. Schauen Sie, was ich heut' gekauft habe.“ Sie holt die Babysachen aus der Tüte. „Hübsch, nicht wahr?“

„Ja. Ganz sicher.“

Nachdem er die Sachen aufmerksam betrachtet hat, schaut er auf seine Armbanduhr.

„Ich glaube, ich muß langsam in den Bus zurück. Da kommt schon der erste Fahrgast.“

„Ich komme auch gleich.“

Meine Mutter packt die Babysachen wieder in die Tüte.

Karl im Weggehen: „Lassen Sie sich nur Zeit. Es eilt ja noch nicht.“

Als wir zu Hause angekommen sind, waren die glücklichen Stunden schnell vergessen. Norbert schaffte es wieder einmal, uns den Abend zu verderben. Christine hatte gedacht, er sei noch gar nicht im Haus. Sie hat die Babysachen aus der Tüte genommen und achtlos auf den Küchentisch gelegt.

„Habe ich einen Durst. Der Fisch will schwimmen,“ hat sie noch gesagt. Als sie zum Kühlschrank geht, kommt Norbert herein. Er schaut abfällig auf die Babysachen.

„Was soll denn der Plunder hier? Mußt du so mein Geld rausschmeißen?“

Christine verteidigt sich: „Ich habe die Sachen von meinem Geld gekauft.“

„Ja, ja ...“

„Ich verdiene schließlich auch.“

„Die paar Kröten. Daß ich nicht lache.“

Er stößt sie von der geöffneten Kühlschranktür weg. Holt sich ein Bier heraus. Dabei sagt er: „Du treibst dich wohl nur noch in den Geschäften rum. Tag für Tag."

Christine will einlenken: „Ich hab' nicht gewußt, daß du schon da bist."

„Ach, laß mich doch in Ruhe. Und das gilt auch für diesen blöden Markus. Der soll gefälligst aufhören, mich zu belästigen."

„Wie ... Ich verstehe nicht. War er hier?"

Norbert, der sich wieder in Wut steigert: „Das soll er tunlichst bleiben lassen. Angerufen hat der Depp. Wenn er auch noch wagt, hier aufzukreuzen, riskiert er, daß ich ihm eins überbrate. Das kannst du ihm von mir ausrichten."

Er nimmt sein Bier. Geht aus der Küche. Haut die Tür mit Wucht hinter sich zu.

Meine Mutter ist wieder den Tränen nahe. Sie nimmt die Babysachen, geht ins Schlafzimmer und versteckt sie im Schrank hinter der Bettwäsche. Dahin, wo sie all die anderen Babysachen aufbewahrt. Sie ist sehr traurig. Legt sich ins Bett. Weint still in sich hinein.

Christine und Norbert schlafen schon lange nicht mehr gemeinsam. Genau genommen seit dem Tag, an dem meine Mutter ihm gesagt hatte, daß sie schwanger sei. Als er in den Morgenstunden total betrunken nach Hause gekommen war, hatte er sich auf die Couch im Wohnzimmer gelegt. Seitdem schläft er dort.

Christine kann nicht einschlafen. Es ist ja auch noch nicht einmal dunkel. Sie denkt an Markus, der angerufen hat. Sie kennen sich schon seit der Schulzeit. Er ist der einzige von früher, mit dem sie noch Kontakt hat. Sie treffen sich hier und da. Trinken ein Glas Bier oder Wein. Reden über Wichtiges und Banales. Markus arbeitet im Geschäft seines Vaters. Er ist noch nicht verheiratet und ein echter Freund. Sie sind immer ehrlich miteinander gewesen. So ruht die Freundschaft seit Jahren auf einer zuverlässigen Vertrauensbasis. Die Gedanken an Markus haben meine Mutter beruhigt.

Sie sagt: „Hörst du mich, mein Engelchen? Morgen im Büro rufe ich den Markus an. Dann treffen wir uns mit ihm. Ja? Ich habe ihn schon lang nicht gesehen. Er verübelt es uns sonst noch."

Ich habe meine Zustimmung gegeben. Wie immer mit heftigem Gestrampel in meiner kleinen Kugel.

Plötzlich ist die Tür aufgeflogen. Norbert kommt mit zornerfülltem Gesicht ins Zimmer. Geht ein paar Schritte auf uns zu. Christine zieht voller Angst die Bettdecke bis ans Kinn. Kurz vor dem Bett bleibt er stehen.

„Ich seh' wohl nicht richtig. Am hellichten Tag im Bett rumflacken."

Christine kann vor Schreck kaum sprechen: „Ich ... ich wollte mich nur ein bißchen ausruhen."

„Von was denn, wenn ich fragen darf? Wo hast du dich denn rumgetrieben, den ganzen Nachmittag?"

„Nur ein bißchen spazieren gegangen, bin ich. An der frischen Luft. Mir war nicht gut."

Er zeigt einen Hauch von Nachsicht und sagt in normalem Ton: „Mach was zu essen. Ich habe Hunger."

Er dreht sich um. Als er aus dem Zimmer gehen will, kommt er plötzlich ins Taumeln. Muß sich am Schrank festhalten. Damit er nicht hinfällt. Er bleibt leicht gebückt stehen. Christine springt aus dem Bett. Macht die paar Schritte zu ihm hin. Will ihn stützen.

„Was hast du denn?"

Doch da richtet sich Norbert wieder auf und sagt: „Gar nichts. Laß mich in Ruhe."

Er schaut sie an. Christine hat nur ein kurzes Hemdchen und ihren Slip an. Seine Blicke ruhen auf ihrem Bauch. Neugierig betrachtet er sie. Schließlich wendet er sich ab.

Sagt locker: „Warst auch schon mal schlanker."

Er verläßt das Schlafzimmer. Die Tür schließt er normal. Ohne sie zuzuknallen.

Christine setzt sich leicht verwirrt auf den Bettrand. Sie legt ihre Hände auf den Bauch und sagt: „Was war denn das? ... Ich will mich schnell anziehen und in die Küche gehen."

Manchmal habe ich das Gefühl, daß Norbert nicht ganz so böse ist, wie er sich gibt. Die Sache mit mir scheint ihn auch sehr mitzunehmen. Vielleicht hat er im tiefsten Innern seine Meinung geändert. Will es nur nicht zugeben. Da ist so viel Eifersucht, Egoismus, verletzter Stolz ... und wohl auch Angst. Angst vor der Verantwortung, der er sich nicht stellen will. Angst vor der Zukunft.

*

Am nächsten Vormittag hat meine Mutter ihren Schulfreund angerufen.

„Grüß dich, Markus. Hier ist Christine."

Markus, am anderen Ende der Leitung: „Hallooo! Das ist aber nett, daß du anrufst. Wie geht's?"

„Ganz gut. Und dir?"

„Kann nicht klagen. Hat dir Norbert meine Grüße ausgerichtet?"

„Ja."

„Na, das wundert mich direkt. Er war am Telefon so unfreundlich, daß ich gedacht hab', der sagt dir gar nichts."

„Doch, doch. Aber er hatte tatsächlich wieder mal 'ne Stinklaune."

„Das habe ich gemerkt."

Christine fragt: „Du, wie wär's, wenn wir uns wieder mal treffen? Wir haben uns lang' nicht gesehen."

„Liebend gern. Weißt du doch."

„Außerdem muß ich dir was erzählen. Was wichtiges."

„Jetzt machst du mich aber neugierig. Sag's schon."

„Nicht am Telefon. Wenn wir uns sehen. Wie wär's mit heute Abend? Hättest du Zeit?"

„Nein. Das geht leider nicht. Wie schade. Aber du hast mich gerade noch erreicht. Ich bin auf dem Sprung. Muß ein paar Tage geschäftlich weg."

„Das ist wirklich schade."

„Du, ich melde mich gleich, wenn ich zurück bin. Okay?"

„Ja. Prima. Ich freue mich schon ... Aber ruf nicht zu Hause an. Lieber hier im Büro."

„Mach' ich. Hast du Ärger mit Norbert?"

„Das erzähle ich dir, wenn wir uns treffen."

„Okay. Ich muß jetzt los. Also, bis dann."

„Auf Wiedersehen."

An diesem Tag sind wir vom Büro aus direkt nach Hause gegangen. Damit es keinen Ärger gibt. Für den Fall, daß Norbert daheim ist. Wir wohnen in einem netten, kleinen Haus. Es ist nur über einen Gartenweg zu erreichen. Davor, direkt an der

Straße, steht ein ähnliches kleines Haus. Diese Anordnung zieht sich beidseitig der Straße entlang. Immer zwei Häuser hintereinander. Siedlungscharakter.

Im vorderen Haus wohnt Frau Sandsieber. Eine nette Nachbarin. Selbst betagt, ist ihr Mann schon vor ein paar Jahren gestorben.

Als wir nach Hause kommen, macht sich Frau Sandsieber gerade an ihren Blumen im Vorgärtchen zu schaffen. Meine Mutter weiß, daß sie nicht an ihr vorbeikommt ohne einen kleinen Schwatz. Das stört sie aber nicht. Im Gegenteil. Sie mag ihre Nachbarin sehr gern.

„Guten Tag, Frau Sandsieber."

„Tag, Christine. Na? Geschafft von der Arbeit?"

„Geht so. Ist ja nur ein halber Tag." Sie betrachtet die Blumen und fährt fort: „Was für eine glückliche Hand Sie haben. Mit Ihren Blumen, meine ich."

„Sie wollen eben gepflegt werden ... Warten Sie. Ich schneide Ihnen eine schöne Rose ab. Für die Vase."

„Nett von Ihnen. Da freue ich mich. Der Rittersporn vom letzten Mal hat übrigens wunderbar gehalten."

Während Frau Sandsieber eine geeignete Rose zum Abschneiden sucht, fragt sie: „Wie geht's mit dem Baby? Verläuft alles normal?"

„Ja. Doch."

Frau Sandsieber weiß nichts von Christines Schwierigkeiten. Da sie nicht möchte, daß ihre Nachbarin etwas merkt, lenkt sie schnell ab.

„Übrigens, ich habe neulich mal den Sarah Lees Cheese Cake ausprobiert. Ist mir gut gelungen. Wirklich ganz einfach zu machen. Wie Sie ja sagten. Nicht backen, einfach nur ..."

Als das Gespräch auf backen und kochen kam, bin ich eingeschlafen. Ich weiß nicht, wie lange die beiden sich noch unterhalten haben. Sicher ist, daß noch alles mögliche aus dem Hausfrauendasein besprochen wurde. Bis hin zu Krankheiten und dem Wetter. Das ist schon oft so gewesen. Es langweilt mich inzwischen ein wenig. Und so verschlafe ich neuerdings diese Gespräche über den Gartenzaun. Am Nachmittag war ich dann putzmunter. Norbert war noch nicht daheim. Gegen halb vier klingelte es.

Meine Mutter: „Wer kann das sein, Engelchen?“

Wir gehen zur Haustür. Es ist meine Tante Susanne. Christines jüngere Schwester. Sie wohnt noch bei den Eltern. Am selben Ort. Sie kommt nur selten zu uns.

„Hallo, Christine.“

„Tag, Susanne. Das ist aber eine Überraschung. Komm rein.“

Sie gehen in die Küche.

Christine: „Hast du ein bißchen Zeit? Soll ich uns einen Kaffee machen?“

„Lieber was Kaltes. Wenn du hast.“

„Sprudel? Oder Apfelsaft?“

„Apfelsaft ist fein. Ich bin auch nur auf einen Sprung hier. Ich war gerade im Kaufhaus. Da habe ich den da gefunden.“ Sie holt einen kleinen, flauschigen Eisbären aus der Tüte und fährt fort: „Ist der nicht kuschelig? Fürs Baby.“

„Das ist aber nett, daß du an Thekla gedacht hast.“

„Ach. Ich wußte noch gar nicht, daß es ein Mädchen wird.“

„Hat es dir die Mutti nicht gesagt? Ich hatte es ihr doch am Telefon erzählt. Wie geht's den Eltern?“

„Gut." Susanne überlegt kurz: „Thekla? Hast du gesagt Thekla? Das ist aber nicht gerade ein gängiger Name."

„Gefällt mir aber sehr."

„Und Norbert? Was sagt er dazu? Ist er überhaupt da?"

„Nein." Christine mit Unterton: „Er läßt sich kaum blicken."

Susanne: „Wieso? Was meinst du damit?"

Christine nimmt das Plüschtier und sagt: „Den verstecke ich lieber gleich. Damit ihn Norbert nicht sieht."

„Jetzt verstehe ich gar nichts mehr."

Christine steht auf. Sie sagt: „Komm, ich zeige dir mal die Babysachen, die ich schon habe."

Sie geht ins Schlafzimmer. Susanne, die verwundert den Kopf schüttelt, folgt ihr. Christine macht die Schlafzimmertür zu und sagt dabei: „Falls Norbert kommt. Manchmal taucht er plötzlich auf."

Sie öffnet den Schrank. Holt die versteckten Sachen hervor. Legt sie aufs Bett. Sie nimmt ein Strampelhöschen: „Schau, hier. Ist das nicht niedlich?"

Susanne, die sich auf die Bettkante gesetzt hat, beachtet die Sachen nicht. Sie schaut ihre Schwester entgeistert an: „Sag mal, spinnst du? Warum versteckst du denn die Sachen?"

Christine setzt sich neben sie: „Ach, das ist eine ganz furchtbare Geschichte. Der Norbert will das Baby nicht. Aber sag bloß den Eltern nichts davon. Sie machen sich nur Sorgen. Versprich, daß du es für dich behältst."

Susanne sichtlich entsetzt: „Mach' ich, wenn du es so willst. Aber das ist ja schrecklich. Ich habe gedacht, Ihr freut euch auf das Baby."

„Tu ich auch. Aber mit Norbert ist darüber einfach nicht zu reden. Er hat sogar gesagt, ich soll es wegmachen lassen ..."

Susanne dazwischen: „Um Gottes willen."

„... als ich es ihm gesagt habe. Vor einiger Zeit. Da war es sowieso zu spät dafür. Außerdem hätte ich das nie getan."

„Das glaube ich ... Und? Was willst du jetzt machen? Ich meine, wie soll es weitergehen? Das ist doch kein Zustand."

„Das weiß ich, ehrlich gesagt, auch nicht. Verstehst du jetzt, warum ich die Babysachen verstecken muß?"

„Sicher."

„Der Norbert flippt jedesmal aus, wenn das Thema aufkommt. Manchmal wird er schon aggressiv, wenn er nur auf meinen Bauch schaut. Das spüre ich direkt."

„Du Arme. Tust mir so leid. Das habe ich ja alles nicht gewußt."

„Ich räume die Sachen lieber wieder weg."

Sie stehen auf. Während Christine die Babysachen wieder versteckt, sagt Susanne: „Ich muß auch los."

Sie gehen zur Haustür. Susanne legt den Arm um ihre Schwester. Sie sagt: „Wenn du mich brauchst, ruf' mich an. Okay?"

Christine: „Vielleicht renkt sich noch alles ein."

„Ich komme auch bald wieder einmal vorbei. Mach's gut."

„Tschüs. Und nichts zu den Eltern. Das hast du versprochen."

„Ich sag nichts. Ehrlich. Servus."

*

Ich bin froh, daß sich meine Mutter ihrer Schwester anvertraut hat. Und Karl, dem Busfahrer. Sonst hat sie niemandem etwas von ihren Sorgen gesagt. Will allein damit fertig werden. Dabei spüre ich, wie schwer das ist. Der Mißklang zwischen ihr und Norbert begleitet sie täglich. Oft hat sie Angst. Angst, die sich ausbreitet in ihrer Seele. Sich auf mich überträgt. Und ich kann nichts machen. Nicht helfen. Ich, Thekla. Die Einzige, die ihr ganzes Leid miterlebt. Selbst in Momenten größter Verzweiflung kann ich sie nicht trösten. Muß untätig und hilflos in meiner Kugel verharren. An manchen Tagen ist das Glücksgefühl über mein Dasein - die Schwangerschaft - stark getrübt. Meine Mutter ist dann depressiv. Das merke ich auch an der Musik, die sie wählt. Meistens hört sie die Servicewelle. Da gibt es neben aktuellen Informationen beschwingte Musik. Hits und Songs, die meine Mutter gern hört. Sie hat mir einmal erzählt, daß die Hausarbeit dabei nicht so langweilig ist. Fensterputzen, Bügeln und so weiter.

Meine Mutter ist im Grunde genommen ein fröhlicher Mensch. Oder war es zumindest. Bis zu dem Zerwürfnis mit Norbert. Seitdem stellt sie oft den Klassiksender ein. Wenn sie traurig ist. Sie setzt sich in den Sessel und hört versunken zu. Eine halbe Stunde. Eine ganze. Je nachdem wie lange sie braucht, ihren inneren Frieden wieder zu finden. Ausgeglichenheit. Die ernste Musik hilft ihr über die schweren Stunden hinweg. Deshalb höre auch ich gern Mozart, Bach, Brahms, Beethoven ... Nachdem sie sich beruhigt hat, fragt sie sich immer: Was soll ich bloß machen? Sie hat auch schon oft zu mir gesagt: „Ich muß mir etwas überlegen, mein Engelchen."

Wenn sie das sagt, wird mir etwas bang. Sie hat sich schon unheimliche Dinge ausgedacht. Sie wird sich doch wohl nicht das Leben nehmen wollen? Aber das ist uns ja nicht vom Schicksal bestimmt.

Heute morgen ist meine Mutter schlecht aus dem Bett gekommen. Sie hat nicht gut geschlafen. Hat sich unruhig hin und her gewälzt. Die ganze Nacht. Ich habe dadurch auch nicht schlafen können. Bin in meiner Kugel gleichzeitig hin und her geschwappt. Einmal bin ich richtig erschrocken. Die Nabelschnur hatte sich um meinen Hals gelegt. Zum Glück hat sich meine Mutter gleich danach ruckartig auf die andere Seite gedreht. Die Schnur hat sich sofort wieder abgewickelt. Für einen kurzen Moment habe ich tatsächlich gedacht: Jetzt ist alles vorbei. Vielleicht wäre das die beste Lösung gewesen.

Am Morgen hat meine Mutter zwar den Wecker gehört, ist aber nicht gleich aufgestanden. Nun müssen wir uns eilen. Auf dem Weg zum Büro kommen wir an der Kirche vorbei. Die Kirchturmuhr schlägt. Achtmal.

Meine Mutter sagt: „Oje! Heut' kommen wir zu spät."

Sie beschleunigt ihren Schritt. Fängt an zu laufen. Das macht mir Spaß. Ich turne in meiner Kugel herum. Für meine Mutter ist es beschwerlich. Sie hält ihre Bauchkugel mit beiden Händen fest. Sie ist schon recht rund. Denn ich werde täglich ein bißchen größer. Der Dauerlauf ist anstrengend. Meine Mutter kommt total erschöpft im Büro an. Dort wird sie von ihrer Kollegin schon erwartet. Sie hat heute die schwarzweißen Stöckelschuhe an.

Sie sagt: „Gut, daß du kommst. Der Schmidt hat angerufen und nach dir gefragt. Du sollst zu ihm kommen."

Christine: „Wie dumm. Ausgerechnet heute, wo wir zu spät sind."

Die Kollegin erstaunt: „Was meinst du denn mit »wir«?"

„Entschuldige. Das ist eine dumme Angewohnheit."

Meine Mutter legt die eine Hand auf ihren Bauch. Mit der anderen deutet sie auf mich.

Die Kollegin versteht. Sie sagt lachend: „Das kann ich nicht nachvollziehen. Ich war noch nicht schwanger."

Christine fragt: „Hast du ihm gesagt, daß wir ... äh, daß ich noch nicht da bin?“

„Natürlich nicht. Versteht sich doch von selbst.“

„Bist ein Schatz. Danke. Ich geh’ jetzt gleich hoch zu ihm.“

Herr Schmidt ist der Personalchef. Christine hat ihm vor einiger Zeit gesagt, daß sie schwanger sei. Als wir in sein Büro kommen, telefoniert er gerade. Er deutet auf den Stuhl vor seinem Schreibtisch. Christine setzt sich. Als er den Hörer aufgelegt hat, sagt sie: „Guten Morgen, Herr Schmidt.“

Er antwortet: „Morgen. Wie geht’s?“

„Gut. Danke. Sie wollten mich sprechen?“

„Es geht noch einmal um die Zeit nach dem Mutterschaftsurlaub. Ich hatte Ihnen ja versprochen, mit dem Chef darüber zu reden.“

„Ja. Und?“

„Leider habe ich keine gute Nachricht. Sie wissen ja, daß jemand ihre Arbeit erledigen muß. Wenn Sie ausfallen. Eine Teilzeitkraft kommt nicht in Frage. Ich hatte Ihnen ja schon angedeutet, daß das schwierig werden würde.“

„Ich weiß.“

„Wir haben jetzt beschlossen, den Posten neu zu besetzen.“

„Heißt das, ich kriege die Stelle nicht wieder?“

„Genau das. Tut mir leid. Was wir machen können, ist, daß Sie sich bei uns melden, wenn es soweit ist. Ich meine, wenn Sie tatsächlich wieder arbeiten wollen.“

„Müssen, wahrscheinlich,“ wirft Christine ein.

„Na gut. Sie können mich dann ja anrufen. Ich werde alles tun, um Ihnen einen ähnlichen Posten bei uns im Haus zu beschaffen. Das verspreche ich Ihnen."

„Ist da wirklich nichts zu machen? Ich meine, irgend was Schriftliches?"

„Nein, eine vertragliche Zusicherung kann ich Ihnen nicht geben ... Tut mir leid."

Diese Absage hat meine Mutter hart getroffen. In ihrer verzweifelten Lage hätte ihr die Aussicht, ihren Job wieder zu bekommen, gut getan.

Als wir das Büro am Mittag verlassen, ist sie entsprechend geknickt. Wir sind nicht heimgegangen. An solchen Tagen ist der Gedanke an das leere Haus für meine Mutter unerträglich. Ebenso wie Norberts Anfeindungen, wenn er zu Hause ist. Wir sind zur Bushaltestelle gegangen. Karl hat uns wie immer freundlich begrüßt. Er hat aber auch gleich bemerkt, daß es um Christine nicht gut steht.

An der Endstation haben die beiden schweigend auf der Bank gesessen. Schließlich hat Karl versucht, meine Mutter abzulenken. Aufzuheitern.

„Ich habe heute einen Brief bekommen. Von meinem Sohn. Aus Amerika."

Christine, die gar nicht richtig zugehört hat: „Sie haben mich rausgeschmissen!"

„Wie bitte?"

„Naja, der Personalchef hat mir gesagt, daß sie mich hinterher, wenn das Baby da ist, nicht wieder übernehmen. Mein Job wird neu besetzt."

„So was gemeines ... Ist das denn gesetzlich überhaupt erlaubt?"

„Keine Ahnung. Da muß ich mich erkundigen ... Was hast du gesagt? Woher hast du einen Brief bekommen?“

Die beiden sind inzwischen per Du.

Karl: „Aus Amerika. Los Angeles. Von meinem Sohn Hans. Das heißt John, wie er sich jetzt nennt.“

„Ich habe gar nicht gewußt, daß du einen Sohn in Amerika hast. Mein Gott, ich habe wohl immer nur von mir und meinen Problemen geredet. Das war sicher total langweilig für dich.“

„Überhaupt nicht.“

„Du mußt doch denken, daß ich sehr egoistisch bin.“

„Quatsch. Du hast einfach jemanden gebraucht, bei dem du dich aussprechen kannst. Jeder macht mal schwere Zeiten durch. Bei mir war's so, als meine Frau starb.“

„Du hast mal erwähnt, daß du Witwer bist. Wann ist denn deine Frau gestorben?“

„Vor acht Jahren.“

„Was ist denn passiert? War sie krank?“

„Krebs. Sie hat furchtbar gelitten, zum Schluß.“ Karl fährt sichtlich gerührt fort: „Ach, Christine, du glaubst gar nicht, was das für mich bedeutet hat. Damals. Ich habe gedacht, ich überwinde das nie. Wir hatten eben auch eine besonders schöne und harmonische Ehe ...“

Karl denkt an früher. Er schaut traumverloren in den Himmel. Meine Mutter unterbricht seine Gedanken nicht. Überläßt ihn seinen Erinnerungen.

Schließlich fährt er fort: „Besonders schön war die Zeit, als unser Junge unterwegs war. Und deshalb kann ich gar nicht verstehen, warum sich dein Norbert so gegen das Baby sträubt ...“

Er macht wieder eine Gedankenpause. Dann: „Der hat das Wesentliche im Leben noch nicht begriffen."

Christine: „Das denke ich auch. Wenn er das mit der Abtreibung ernst gemeint hat, dann ... Aber fangen wir nicht wieder davon an. Erzähl du noch ein bißchen. Hattet Ihr nur das eine Kind?"

„Ja. Leider. Denke ich heute manchmal ... Und dann kam alles ziemlich auf einmal. Der Hans hatte die Ausbildung schon eine Zeit beendet. Er hat das Hotelfach gelernt. Da bekam er ein gutes Angebot nach Amerika. Das ist für einen jungen Menschen natürlich die Chance schlechthin."

Christine: „Wie ist es denn dazu gekommen?"

„Durch einen Amerikaner, der in dem Hotel wohnte, in dem Hans damals gerade arbeitete."

„Verstehe."

„Zuerst haben wir noch gedacht und gehofft, daß das nichts werden wird. Aber es hat doch geklappt. Und plötzlich haben wir ihn auf dem Flugplatz verabschiedet. Das war schlimm für uns beide. Für meine Frau und mich."

„Und gleich so weit. Bis nach Los Angeles. Das ist doch an der Westküste, nicht wahr?"

„Ja. Aber da ist er damals nicht hingeflogen. Zuerst hat er in einem Hotel in Chicago gearbeitet. Das war für uns aber genauso das Ende der Welt."

„Das kann ich gut verstehen."

„Inzwischen hat der Junge schon in mehreren Hotels gearbeitet. In verschiedenen Städten. Drüben. Das ist normal im Hotelfach, meint er. Und jetzt ist er in Los Angeles, wie gesagt."

„Warst du denn auch schon mal in Amerika? Ich meine, zu Besuch."

„Nee, das ist nichts für mich. Der Junge wollte mich ja ganz rüber holen, nach dem Tod seiner Mutter. Aber das mache ich nicht. Ich kann ja kein Wort englisch."

„Das kann man doch lernen."

„Sagt der Hans auch immer. Und Busfahren könnte ich drüben genauso wie hier."

„Da hat er recht."

„Nein, das kommt für mich nicht mehr in Frage. In meinem Alter. Vielleicht besuche ich ihn tatsächlich mal. Im Urlaub. Mehr aber bestimmt nicht. Außerdem pflege ich das Grab meiner Frau. Ich geh' jeden zweiten Tag auf den Friedhof. Zumindest jetzt im Sommer."

Bei dem Gedanken an das Grab und an seine Frau verfällt Karl wieder in Schweigen.

Dann sagt er: „Ja. Die Zeit damals, die war schwer für mich. Kaum war der Hans abgeflogen, ging es meiner Frau nicht gut. Erst dachte ich, es wäre von dem Kummer, daß der Junge so weit weg ist. Aber die Diagnose war dann viel schlimmer: Lungenkrebs. Und das, obwohl meine Frau ihr Leben lang keine Zigarette angerührt hat."

„Das habe ich schon oft gehört, daß auch Nichtraucher Lungenkrebs bekommen."

„Bei ihr war die Krankheit schon so weit fortgeschritten, daß es überhaupt keine Chance mehr gab. Ich war quasi vom Tag an, als wir es vom Arzt erfahren hatten, im Schock. Anders kann ich den Zustand nicht beschreiben. Es ist eben zu schnell gegangen. Alles. Plötzlich stand ich allein da. Und das war so schlimm, daß ich es dir gar nicht beschreiben kann."

„Du Armer."

„Daran siehst du, Christine, daß jeder mal ganz verzweifelt ist. Schwere Zeiten durchmacht.“

Mit einem Blick zum Bus sagt er: „Jetzt muß ich aber schnell wieder an die Arbeit. Die Fahrgäste warten schon.“

Christine: „Bis gleich.“

*

Inzwischen ist Markus von seiner Geschäftsreise zurück. Er hat meine Mutter gleich angerufen. Sie haben sich im Gasthof »Drei Eichen« verabredet. Wo sie sich immer treffen. Er liegt am Rande der Stadt. Im Grünen. Bei den Einheimischen ist er sehr beliebt. Man kann dort gut und preiswert essen. Und es ist gemütlich da.

Meine Mutter parkt ihr Auto auf dem Parkplatz vor der herrenlosen Mauer. Das Stück alte Mauer umgrenzt nichts mehr. Die Steine bröckeln an beiden Enden ab. In den Ritzen und Löchern haben Flechten, Moos und Steinnelken eine Lebensgrundlage gefunden. Hinter der Mauer eine verwilderte Wiese mit meterhohem Gras und bunten Wiesenblumen. Wahrscheinlich hat hier einmal ein Bauernhof gestanden. Vor der Mauer, wie gesagt, der Parkplatz für den nahen Gasthof.

Meine Mutter löst den Sicherheitsgurt. Ich fühle mich befreit. Die Autofahrt war wieder schlimm für mich. Wir steigen aus. Sie schließt den Wagen ab. Ich bin gespannt auf Markus. Es ist lange her seit dem letzten Treffen. Ich kann mich nicht erinnern. Wir gehen zum Lokal. Markus wartet schon am Eingang auf uns.

Als wir näher kommen, sagt er überrascht: „Ich seh’ wohl nicht recht. Christinchen ist schwanger. So was. Aber »Hallo« erst mal.“ Er umarmt meine Mutter herzlich.

Sie befreit sich aus seiner festen Umarmung. „Nicht so stürmisch. Sonst kriegt mein Engelchen Angst.“

Sie legt ihre Hände schützend über mich.

Markus: „Oh, entschuldige. Ich bin doch ein Trottel."

Wir gehen ins Lokal. Markus gefällt mir. Er ist sehr nett und hat eine weiche, tiefe Stimme. Das ist besonders angenehm für mich. Denn Geräusche, egal welcher Art, empfinde ich intensiver als alles andere. Deshalb höre ich auch so gern Musik. Oder das Schlagen der Kirchturmglocken. Wir wohnen ja nicht weit von der Kirche entfernt.

Hier im Restaurant läuft Country-Musik über den Lautsprecher. Die mögen wir beide gern. Meine Mutter und ich.

Es ist nicht sehr voll. Wir sitzen in einem ruhigen Eck. Christine kann von ihrem Platz aus zum Fenster hinaus schauen. Auf die Rückseite der Mauer und auf die schöne, verwilderte Wiese.

Markus scheint verliebt zu sein in meine Mutter. Er sagt gerade: „Deine Augen sind immer noch so strahlend blau, daß man sie nicht vergessen kann."

Christine amüsiert: „Du hast doch nicht gedacht, daß ich plötzlich mit braunen Augen ankomme, oder?"

Ehrlich gesagt, verstehe ich meine Mutter nicht ganz. Wenn ich die beiden vergleiche, den Norbert und den Markus, dann finde ich Markus einfach viel, viel netter. Und ich verstehe nicht; daß sie Norbert vorgezogen hat. Markus wäre bestimmt glücklich gewesen, wenn sie sich für ihn entschieden hätte. Das spüre ich.

Markus: „Das ist also die große Überraschung. Daß du ein Baby kriegst."

Christine: „Unter anderem."

Markus schaut sie etwas wehmütig an. Dann sagt er: „Der Norbert hat mehr Glück als Verstand."

„Wenn du glaubst, daß Norbert glücklich ist, dann täuschst du dich gewaltig."

„Wie meinst du das?"

„Der ist absolut dagegen, daß wir ein Kind bekommen. Er wollte sogar, daß ich abtreibe. Stell dir das mal vor."

Markus entsetzt: „Ist das wahr? Der hat sie wohl nicht alle."

„Wenn du wüßtest, wie ekelhaft er zu mir ist. Du würdest es nicht glauben. Ehrlich."

Meine Mutter kann die Tränen nur mühsam zurückhalten. Markus greift über den Tisch und drückt ihre Hand.

Christine schluchzend: „Das war's eigentlich, was ich dir sagen wollte. Ich weiß nicht, wie es weitergehen soll."

„Ich habe schon am Telefon gemerkt, daß er immer unfreundlicher wird. Ich dachte, das ging nur gegen mich."

„Zu mir ist er noch viel gemeiner. Manchmal habe ich richtig Angst vor ihm."

„Das ist ja furchtbar."

Markus überlegt kurz und fragt dann: „Soll ich ihn mir mal vorknöpfen?"

„Um Gottes willen. Du kennst ihn nicht. Der fängt glatt eine Schlägerei an."

„Und wenn schon."

„Nein, Markus. Es ist wirklich lieb von dir, daß du das für mich tun willst. Aber damit schaffen wir das Problem nicht aus der Welt."

„Ich weiß nicht."

„Nein, nein. Ich muß mir was anderes einfallen lassen. Ich habe schon eine vage Vorstellung ..."

Sie blickt aus dem Fenster. In Gedanken vertieft. Sie kreisen um einen Brief. Genau versteh ich nicht, was meine Mutter vorhat.

Die Gedanken mit dem Brief hat sie schon öfters gehabt. Sie sind aber so verschwommen, daß sie für mich keinen Sinn machen. Ich kapiere einfach nicht, was sie plant.

Markus fragt: „Was für eine Idee hast du denn?"

Christine hat ihn nicht gehört. Plötzlich wird ihr Blick starr. Sie schaut entsetzt weiter zum Fenster.

Er fragt: „Was hast du denn?"

Sie stammelt: „Ich ... ich ..."

„Ist dir schlecht? Sag schon."

Ich glaube, da war gerade der Norbert am Fenster."

„Wie bitte?" Markus dreht sich blitzartig um. „Ich sehe nichts. Warte."

Er geht zum Fenster. Öffnet es. Schaut hinaus. Dann wendet er sich zu Christine und sagt: „Nichts. Niemand zu sehen."

Während er das Fenster wieder schließt, fragt er: „Soll ich mich draußen mal umsehen?"

„Nein. Laß nur. Wahrscheinlich habe ich es mir nur eingebildet."

Markus setzt sich wieder. Er sieht Christine besorgt an. „Glaubst du denn, er spioniert dir nach?"

„Ich weiß nicht. Kann ich mir eigentlich nicht vorstellen."

„Weiß er, daß wir hier sind?"

„Natürlich nicht. Du, wir reden so gut wie gar nicht miteinander."

„Das ist ja wirklich eine schreckliche Situation."

„Eben. Wir reden kaum noch.. Sehen uns kaum noch ..."

„Und das jetzt, wo du schwanger bist. Kann ich einfach nicht glauben."

Er greift wieder nach ihrer Hand. Drückt sie mitfühlend.

„Wenn du mich brauchst, ich bin immer für dich da. Hörst du?"

„Ja. Danke, Markus."

„Du kannst mich jederzeit anrufen, wenn was ist. Wir sollten uns auch öfters treffen." Er lehnt sich zurück. Sagt nachdenklich: „Ich habe ja nicht geahnt, in was für Schwierigkeiten du steckst."

„Norbert trinkt auch so viel. Zu viel. Das ist noch das Allerschlimmste. Da wird er aggressiv."

„Hat er ein Problem mit dem Alkohol?"

„Wenn er so weiter macht, wird er noch zum Säufer. Das sehe ich kommen."

Markus: „Bei dem Thema fällt mir der Charlie ein. Kannst du dich an ihn erinnern?"

„Den Baumgartner?"

„Genau. Stell dir vor, der soll auch total abgesackt sein."

„Sag bloß. Der war doch einer der Besten in unserer Klasse. Wie ist denn das passiert?"

„Weiß ich auch nicht genau. Der Hansi hat neulich so Andeutungen gemacht am Telefon. Irgendwas mit verpatztem Studium oder so. Ich war gerade wieder mal im Streß, als er es mir erzählte. Weißt ja, wie's bei uns oft zugeht. Wir wollen uns demnächst sowieso treffen. Da muß ich ihn noch mal genau danach fragen."

Die Unterhaltung hat sich dann automatisch um die frühere Zeit gedreht. Um die gemeinsamen Klassenkameradinnen und -kameraden. Und wie es ihnen geht. Im Gegensatz zu meiner

Mutter hat Markus noch viel Kontakt zu den anderen. Er trifft sich mit ihnen beim Stammtisch, Sport, Kegeln. Er erzählt Christine, was sich so alles tut. Sie hört gern zu. Freut sich über die Neuigkeiten, die er zu berichten weiß. Ich bin froh, daß es den Markus gibt. Er erzählt so lebendig, daß meine Mutter ihre Probleme für eine Weile vergißt.

Als wir zu später Stunde nach Hause fahren, ist sie entspannt und ausgeglichen. Ihr Herz schlägt ganz ruhig. Sie hängt den Geschichten nach, die sie gehört hat. Das macht mich schläfrig. Ich liege wohlig in meiner warmen Kugel. Selbst der Gedanke an den lästigen Sicherheitsgurt stört mich im Moment nicht. Wider Erwarten genieße ich die stille Nachtfahrt nach Hause.

*

Sonntagmorgen. Die Kirchenglocken läuten. Ich strampele den Takt dazu. Anscheinend habe ich schon viel Kraft. Meine Mutter streichelt mich beruhigend. Sie fragt: „Schon so aufgeregt heute morgen, mein kleiner Engel?"

Wir sitzen beim Frühstück. In der Küche. Wir essen immer in der Küche. Sie ist groß und gemütlich. Mit einer bequemen Eckbank. Norbert kommt herein. Verschlafen. Mißgelaunt wie immer. Er sagt: „Dieses verfluchte Gebimmel. Nicht mal am Sonntag kann man ausschlafen. Hören die mit dem blöden Lärm heute überhaupt nicht mehr auf? Was ist denn bloß los?"

Christine gießt Norbert Kaffee ein. Macht ihm einen Toast. Dabei sagt sie: „Das ist wahrscheinlich wegen der neuen Orgel."

„Was denn für 'ne Orgel?"

„Na, die Orgel in der Kirche. Für die sie so lange gesammelt haben. Die wird heute eingeweiht. Ich geh' rüber. Kommst du mit?"

Norbert schaut Christine entgeistert an. „Ich in die Kirche? Du tickst wohl nicht sauber."

„Das wird sehr feierlich."

„Kann ich mir denken. Da heulen die alten Weiber sicher alle. Und du auch, wie ich dich kenne."

„Norbert!"

„Laß mich mit dem Zauber in Ruhe. Ich bin noch hundemüde. Ich denke nicht dran, in die Kirche zu gehen."

„Schade."

Christine schaut auf die Küchenuhr und fährt fort: „Ich muß mich beeilen."

Norbert, äußerst gereizt: „Hau nur ab. Damit du ja nicht zu spät kommst." Während Christine ihr Frühstücksgeschirr wegräumt, mault er weiter: „In die Kirche. Wer geht denn heute noch in die Kirche? He? Doch nur die Bekloppten. Denen der Durchblick fehlt."

Christine hat sich zwar geschworen, nie mehr zu widersprechen, um ihn nicht zu reizen. Aber immer gelingt es ihr nicht. Sie sagt: „Ach ja. Und du hast den richtigen Durchblick!"

„Soviel weiß ich jedenfalls, daß die Kirche verzopftes, altmodisches Gequatsche verbreitet. Und die Leute glauben das auch noch. Jedenfalls die Dämlichen ... wie du."

„Jetzt hör aber auf. Wie kann man nur so häßlich reden."

„Ist dieses kirchliche Getue nicht der Grund dafür, warum du nicht abtreiben wolltest?"

Er steht auf. Macht einen Schritt auf sie zu. Packt sie an den Schultern. „Weil die Kirche die Abtreibung verbietet? He?" Er schüttelt sie. „Daß ich nicht lache!"

Sie befreit sich aus seinem Griff. Sagt: „Laß mich in Ruhe. Deine Einstellung kenne ich ja zur Genüge."

Während er sich wieder hinsetzt, sagt er: „ Kommt alles vom »Big Boss« in Rom. Dieser Narr! Wenn ich nur seh', wie er auf die Knie fällt und die Erde küßt. Bei seinen Luxusreisen um die Welt. Da könnt' ich ausflippen! Aber weißt du was? ... Das wäre mir sogar noch egal. Wenn er sich auf der anderen Seite nicht wie ein Gott gebärden würde. Abtreibung einfach verbieten. In der heutigen Zeit! Das ist doch mehr als Schwachsinn."

Norbert redet sich immer mehr in Rage. Er ist wieder aufgestanden. Steht drohend vor meiner Mutter. Sie weicht entsetzt zurück. Ist voller Angst. Ich leide mit ihr. Unsere Herzen pochen laut. Meine Kugel schaukelt bedenklich.

Christine geht zur Tür. Sie sagt dabei: „Ich gehe jetzt."

Norbert geht ihr einen Schritt nach. Sagt zornig: „Ja. Lauf nur in deine Kirche. Und vergiß nicht, beim Pfarrer schon mal den Termin für die Taufe zu bestellen. Für deine Tochter."

Christine hat sich im Flur schnell ihre Strickjacke übergeworfen.

Norbert ruft noch: „Vielleicht solltest du sie Maria nennen. Nach der heiligen Maria. Thekla. Das ist sowieso ein bescheuerter Name ..."

Wir verlassen fluchtartig das Haus.

Auf dem Weg zur Kirche hat sich meine Mutter etwas gefangen. Aber es wird nach jedem Streit schwieriger, die Nerven zu beruhigen. Ich mache mir große Sorgen. Sie kann das nicht mehr lange durchhalten. Das spüre ich.

In die Kirche sind wir natürlich zu spät gekommen. Die Leute stehen dicht aneinander gedrängt. Bis zur rückwärtigen Ausgangstür. Meine Mutter versucht gar nicht, hinein zu kommen. Sie ist noch aufgewühlt von Norberts Anfeindungen. Ihr Herz schlägt noch laut.

Wir gehen seitlich um die Kirche herum. Zu dem angrenzenden Friedhof. Dem alten Teil. Mit jahrhundertealten, kunstvollen Kreuzen. Aus Schmiedeeisen. Meine Mutter liest mir die Namen auf den weißen Porzellantafeln vor:

„Johann Zimmermann, gestorben 1882 ... Hedwig Köhler, gestorben 1844 ... Vinzenz Brandner, Küfermeister ... unvergessen - Katharina Schuster, geboren 1852 gestorben 1908 ... Alle schon so lange tot. Und du, mein Engelchen, sollst noch geboren werden." Sie liest weiter: „Hier ruht, was sterblich war - Gottlieb Reinau, gestorben 1898."

Sie achtet nicht auf den Weg. Stolpert über eine Efeuwurzel. Kann sich gerade noch an einem Grabstein festhalten. „Hoppla. Jetzt wäre ich fast hingefallen." Mit der freien Hand hält sie sich den Bauch. „Uns darf doch nichts passieren ... Bist schon ganz schön schwer."

Sie setzt sich auf einen Umrandungsstein. Schaut zu mir herab. Sagt nachdenklich: „Wie du wohl aussehen magst. Wie ein kleines Püppchen? Oder wirklich wie ein Engelchen? Bald ist es ja so weit. Dann werde ich dein Gesichtchen sehen. Dich im Arm halten. Oh mein Gott, wie ich mich darauf freue ... Und dennoch. Am liebsten würde ich dich gar nicht hergeben. Für immer bei mir behalten. Damit dir niemand weh tun kann. So gemein zu dir ist, wie der Norbert zu mir."

Sie hebt den Kopf: „Hör mal. Die Orgel ... Klingt die schön ..." Der Klang dringt zu uns herüber. Wir hören eine Weile andächtig zu. Dann erhebt sich meine Mutter. Es kostet sie schon einige Mühe, aufzustehen. Sie sagt: „Vielleicht versuche ich es am Seiteneingang."

Sie hat recht. Hier stehen im Gang keine Leute. Und sie hat Glück. Ein junger Mann überläßt ihr seinen Platz. Sie nickt ihm dankbar zu. Setzt sich. Wir atmen erleichtert auf. Hören der neuen Orgel zu. Der Klang erfüllt das ganze Kirchenschiff.

Durchdringt die andächtig lauschenden Kirchenbesucher. Dann der gewaltige Schlußakkord. Er klingt nach im Raum. Lange nachdem der Organist Finger und Füße von der Orgel gelöst hat. Nach diesem vollen Klang hört sich die Stimme des Pfarrers schwach und fern an. Das Thema seiner Festpredigt ist natürlich die neue Orgel.

Meiner Mutters Gedanken schweifen ab. Kehren zu dem Problem zurück, das sie Tag und Nacht beschäftigt: Was werden soll, wenn ich geboren bin.

Anscheinend weiß sie einen Ausweg. In einem rätselhaften Brief, den sie schreiben will. An einen gewissen Klaus. Den Namen höre ich zum ersten Mal. Wer ist dieser Klaus? Sie will ihm etwas schreiben. Über mich. Was hat er mit mir zu tun? Was hat das alles zu bedeuten? Ich habe ein ungutes Gefühl. Ich spüre: ein Unheil kommt. Hängt es mit dem Brief zusammen? Was geschieht mit uns? Mit meiner Mutter? Mit mir?

Der Orgelklang durchbricht die Stille. Die Gemeinde steht auf. Stimmt ein. Meine Mutter kennt das Lied. Singt mit. Aus vollem Herzen:

„Meerstern ich dich grüße,
oh Maria, hilf.
Gottesmutter süße,
oh Maria, hilf.
Maria, hilf uns allen,
aus unsrer tiefen Not.“

Ein Hilferuf! Er verhallt. Wir sind allein mit unserem Schicksal.

Beim Verlassen der Kirche treffen wir auf Frau Sandsieber, unsere Nachbarin. Wir machen uns gemeinsam auf den Nachhauseweg. Schweigend. Frau Sandsieber ist noch in der feierlichen Stimmung vom Gottesdienst. Schließlich sagt sie: „Eine wunderschöne Orgel, nicht wahr?“

Christine antwortet einsilbig: „Ja."

„Und wie schön der Pfarrer gesprochen hat."

„Ja," sagt Christine. Obwohl sie seine Worte nicht gehört hat.

Auf halbem Weg nach Hause hat sich meine Mutter von Frau Sandsieber verabschiedet. Mit der Begründung, daß sie das Baby noch ein bißchen spazieren tragen möchte.

Frau Sandsieber nickt verständnisvoll. „Jetzt fängt es an, beschwerlich zu werden. Da tut Bewegung gut. Auf Wiedersehen, Christine. Schönen Sonntag noch."

„Ihnen auch. Auf Wiedersehen, Frau Sandsieber."

In Wahrheit hatte meine Mutter Angst, nach Hause zu gehen. Angst vor Norbert. Seiner schlechten Laune. Seinen Anfeindungen. Seinen Wutausbrüchen.

*

Die darauffolgende Woche ist relativ ruhig verlaufen. So ruhig, daß es mir fast unnatürlich erschien. Und dann kam der unheilvolle Freitag.

Vom Büro sind wir zuerst nach Hause gegangen. Meine Mutter hat das Haus aber nicht betreten. Sie ist gleich ins Auto gestiegen. Den Autoschlüssel hat sie immer in ihrer Handtasche. Ich weiß nicht, ob Norbert zu dieser Zeit im Haus war. Wir sind zu einem Supermarkt gefahren. Außerhalb der Stadt. Dort haben wir eingekauft. Nichts besonderes. Die üblichen Sachen: Brot, Butter, Milch ... Meine Mutter schien mir ruhig und ausgeglichen. Bis wir an der Schreibwarenabteilung vorbei kamen. Ihr Herz fing an zu pochen. Ihre Gedanken kreisten plötzlich wieder um den Brief. Und wieder so unklar, daß ich sie einfach nicht verstehen konnte.

Sie hat lange gesucht und schließlich zartblaues Briefpapier mit passenden Umschlägen gekauft. Dazu muß ich sagen, daß weder meine Mutter noch Norbert gern schreiben. Entsprechend schlecht steht es um Schreibmaterial in unserem Haus.

Am späten Nachmittag, als wir vom Einkaufen kommen, ist Norbert daheim. Die Tür zum Wohnzimmer steht auf. Wir können ihn sehen. Ich spüre förmlich, wie sich meine Mutter einen Ruck gibt. So als sei sie fest entschlossen, sich von ihm nicht mehr einschüchtern zu lassen.

Sie geht in die Küche. Fängt an, die Eßsachen auszupacken. Dabei sagt sie zu mir: „Paß auf, mein kleiner Engel, was jetzt gleich passiert. Wenn er reinkommt. Paß gut auf. Und steh mir bei.“ Obwohl äußerlich ruhig, schlägt ihr Herz schneller. Fängt an zu rasen. Ihr Herz. Mein Herz. Unsere Herzen.

Es dauert auch nicht lang, da kommt Norbert in die Küche. Er ringt sich ein knappes „Tag“ ab. Christine erwidert den Gruß nicht. Er lehnt sich an den Küchenschrank. Schaut meiner Mutter hämisch grinsend auf den Bauch. Sie gibt sich erneut einen Ruck. Richtet sich so stark auf, daß meine Kugel gegen die Bauchwand drückt. Sie faltet die Hände über mir. Schaut Norbert fest in die Augen.

Dann sagt sie: „Ehe du wieder ausfällig wirst, möchte ich dir etwas sagen.“

Sie umschließt schützend meine Kugel. Gibt sich noch einmal einen Ruck.

„Du bist nicht der Vater meines Kindes!“

Norbert versteht nicht sofort. Schaut sie fragend an. Es hat ihm die Sprache verschlagen.

Ich spüre, wie meine Mutter diesen Moment auskostet. Zu lang hat sie unter ihm gelitten. Braucht etwas Genugtuung.

Ich muß sagen, daß ich nicht minder überrascht bin als Norbert. Ist er wirklich nicht mein Vater? Warum hat sie das gesagt?“

In dem Moment wiederholt meine Mutter: „Du bist nicht der Vater meines Kindes!“

Norbert ist total perplex. Er angelt sich den Küchenstuhl. Setzt sich. Schaut sie immer noch entgeistert an. Zum ersten Mal hat meine Mutter die Situation voll im Griff.

Da Norbert immer noch nichts sagen kann, fährt sie fort: „Du hast nichts mit dem Kind zu tun ... Ich nehme an, jetzt bist du zufrieden.“

Als ob nichts gewesen wäre, wendet sich meine Mutter von ihm ab. Fährt fort, die Eßwaren wegzuräumen. Sie zeigt ungeahnte Stärke. Äußerlich.

Norbert stammelt: „Ja ... aber ...“

Meine Mutter beachtet ihn nicht mehr. Trotz ihrer äußeren Ruhe schlägt ihr Herz zum Zerspringen. Aber das hört Norbert nicht. Er erholt sich nur langsam von dem Schock.

Sagt, immer noch stammelnd: „Ja ... was soll ich ... ich meine ...“

Nach einer längeren Pause steht er auf. Er weiß nicht, ob er gehen oder bleiben soll. Schließlich verläßt er zögernd die Küche. Dabei murmelt er: „Das muß begossen werden.“

Erst als meine Mutter die Haustür zuklappen hört, Norbert gegangen ist, sinkt sie erschöpft auf einen Stuhl. Die Spannung löst sich in Tränen auf. Im Nachhinein bleibt kein Platz für Genugtuung. Unsicherheit kommt auf. Sie trocknet die Tränen.

Seufzt: „Ach, mein Engelchen. Hoffentlich war das richtig, was ich da gemacht habe. Aber irgend etwas mußte ich doch tun. So geht es nicht weiter. Das spürst du auch, nicht wahr? Gott sei Dank hat er keine Fragen gestellt. Wer nun der Vater ist und so. Ich weiß nicht, wie lange ich noch durchgehalten hätte.“ Sie steht auf und setzt nach: „Und jetzt nehmen wir ein schönes, langes Bad.“

Ich weiß nicht, wie lange wir in der Badewanne gelegen haben. Eine Stunde? Zwei? Ich weiß nur, daß ich ziemlich beunruhigt, verzweifelt war in meiner Kugel. Ich hatte mit allem möglichen gerechnet. Es hätte mich nicht einmal überrascht, wenn sie Norbert eine Trennung vorgeschlagen hätte. Im Gegenteil. Das wäre für mich naheliegend gewesen. Denn sie hatte hier und da Andeutungen gemacht, wie: „Wir zwei schaffen es auch allein." Oder: „Es gibt doch eine Menge alleinerziehender Mütter."

In meiner Verzweiflung versuche ich angestrengt, mich zu strecken. Größer zu werden. Schnell zu wachsen. Damit ich meiner Mutter beistehen kann. Ich schaffe es. Meine Kugel, die schützende Hülle, dehnt sich aus. So sehr, daß meine Mutter die Hände gegen ihren Leib preßt. Sie versucht, aufzustehen. Es gelingt nicht gleich. Sie läßt das Badewasser ab. Schließlich erhebt sie sich. Mühsam. Trocknet sich ab. Betrachtet sich im Spiegel.

Ja, meine Mutter ist hochschwanger. Das sieht man nun deutlich. Auch jeder Fremde muß es sofort erkennen. Ich weiß nicht, wieviel ich wiege. Aber ich habe eine beachtliche Größe erlangt.

Das Bad hat meine Mutter entspannt. Sie zieht den Morgenmantel über und schreibt dann einen höchst mysteriösen Brief. Auf das blaue Briefpapier. Den Brief, der ihr schon lange im Kopf umgeht. Ich verfolge den Wortlaut genau. Ohne seine Bedeutung zu begreifen.

Sie schreibt:

> *Lieber Klaus,*
>
> *wenn Du diese Zeilen liest, wirst Du enttäuscht sein. Ich muß Dir aber leider sagen, daß es keine gemeinsame Zukunft gibt für uns beide. Oder besser: für Dich, für mich und das Baby. Für uns drei. Du weißt, ich brauche meine Freiheit, und es würde mit uns einfach nicht gut gehen auf Dauer. Dafür ist die Sache zu ernst. Bitte habe Verständnis für mich. Versuch, Dein eigenes*

Leben zu leben, ohne mich. Vergiß mich und das Baby. Ich meine es gut für uns alle. Mein Entschluß ist endgültig.

Christine

Auf die Rückseite des Briefumschlags schreibt meine Mutter ihren kompletten Absender. Auf der Vorderseite allerdings nur „An Klaus". Kein Nachname, keine Adresse.

Der Inhalt des Briefs erscheint nicht nur mir mysteriös. Er wird auch später der Kriminalpolizei Rätsel aufgeben. Den Beamten viel Ermittlungsarbeit bereiten.

Nach dem Briefschreiben hat sich meine Mutter hingelegt. Wir sind sofort eingeschlafen.

Ich weiß nicht, wie spät es war, als uns das Telefonklingeln aus dem Schlaf riß. Jedenfalls war es schon dämmrig draußen. Meine Mutter war angenehm überrascht, Markus' Stimme zu hören. „Das ist aber nett, daß du dich meldest."

Markus: „Habe ich doch versprochen. Wie geht es dir?"

„Ganz gut ... Naja, den Umständen entsprechend. Du weißt ja."

„Du, paß mal auf. Ich habe mich gerade von einem Geschäftsfreund verabschiedet. Im »Ratskeller«. Eine Pflichteinladung meinerseits. Und jetzt habe ich noch keine Lust, nach Hause zu fahren. Was machst du denn gerade?"

„Ehrlich gesagt, ich habe geschlafen."

„Um die Zeit? ... Entschuldige, wenn ich dich geweckt habe."

„Macht nichts. Wie spät ist es denn?"

„Nach halb neun."

„Was! Schon so spät? Ich hatte mich nach dem Baden etwas hingelegt."

„Hättest du Lust, daß wir uns treffen? Im »Drei Eichen?«"

„Gern. Ich habe nichts vor für heute abend. Und ich wollte sowieso noch was mit dir besprechen."

„Na, das paßt ja prima. Ich bezahle noch die Rechnung, und dann mache ich mich auf den Weg."

„Okay. Ich muß mich nur noch ein bißchen zurechtmachen. Dann fahre ich auch los."

„Prima. Bis gleich. Ich freue mich."

„Ich mich auch. Tschüs."

Wir haben dann bald das Haus verlassen. Norbert war nicht daheim. Zumindest haben wir ihn nicht gesehen. Theoretisch konnte er nicht wissen, wohin wir fahren. Zumal es nicht meine Mutter war, die den Namen »Drei Eichen« genannt hatte, sondern Markus am anderen Ende der Leitung.

Der Brief an den unbekannten Klaus blieb auf dem Tisch liegen. Ob ihn meine Mutter absichtlich liegengelassen oder ihn nur vergessen hat, weiß ich nicht.

*

Im »Drei Eichen« ist es gerammelt voll. Klar. Am Freitagabend. Der Gesprächspegel ist so hoch, daß zu meinem Bedauern von der schönen Country-Musik nicht viel zu hören ist. Wir stehen an der Theke. Die Tische sind alle besetzt. Markus trinkt ein Bier. Meine Mutter hat ein Glas Sprudel bestellt. Sie trinkt keinen Alkohol mehr. Mir zuliebe. Das Stehen fällt ihr schwer. Markus bemüht sich sehr, einen Tisch zu ergattern. Ohne Erfolg. Er hat sogar dem Kellner schon ein Trinkgeld zugesteckt, damit er Bescheid sagt, wenn etwas frei wird. Ich langweile mich ein bißchen. Es gibt nicht viel zu sehen. Außer der Thekenwand vor mir. Sie ist aus braunem Holz. Wirklich nicht sehr interessant. Hier und da dreht sich meine Mutter etwas zur Seite. Zu Markus hin. Aber das erweitert meinen Blickwinkel nur wenig. Ich sehe Jeans und ein Paar Tennisschuhe. Sie gehören zu der Person, die direkt neben meiner Mutter steht. So nah, daß ich in dem Gedränge mehr nicht erkennen kann. Die Tennisschuhe sind schmutzig.

So viele Leute tragen Tennisschuhe. Egal, wohin wir auch gehen, wo wir stehen, sitzen. Immer sehe ich Tennisschuhe. Ziemlich langweilig. Da sind die bunten Stöckelschuhe von Mutters Kollegin im Büro schon etwas besonderes. Markus hat zum Glück keine Tennisschuhe an. Er trägt schwarze Lederschuhe. Mit Schnürsenkeln. Und Mutter grüne Wildleder-Slipper. Flach und bequem.

Markus sagt: „Hör mal. Wollen wir nicht woanders hingehen? Das Rumstehen ist doch zu anstrengend für dich."

„Es geht schon. Außerdem, wo wollen wir denn hin? Hier draußen gibt es doch nichts weiter."

„Wir können zurück in die Stadt fahren. Da gibt's haufenweise Kneipen."

„Lieber nicht. Da laufen wir womöglich Norbert in die Arme. Der zieht bestimmt wieder von Kneipe zu Kneipe."

„Trinkt er immer noch so viel?"

„Ich denke schon. Ich meine, ich bin ja nicht dabei, wenn er seine Runde dreht. Und wenn er nach Hause kommt, schlafe ich meistens. Manchmal poltert er rum. Da werde ich natürlich wach. Solange er mich in Ruhe läßt, soll's mir egal sein."

Markus fragt: „Übrigens, was wolltest du denn mit mir besprechen?"

Christine gibt sich verwundert: „Ich?"

„Ja. Das hast du doch gesagt am Telefon, vorhin."

„Fällt mir im Moment nicht mehr ein, was das war."

Und ablenkend setzt sie nach: „Schau dich doch bitte noch mal um, ob was frei geworden ist. Das Stehen ist wirklich anstrengend für mich."

„Okay. Mach' ich."

Markus verschwindet in dem Gewühl von Menschen. Meine Mutter bleibt leicht nervös zurück. Sie scheint genau zu wissen, was sie Markus erzählen wollte. Wahrscheinlich hängt es mit dem Brief an den unbekannten Klaus zusammen. Oder mit Norbert, dem sie erzählt hat, daß er nicht der Vater ist.

Ich habe mich sowieso schon sehr gewundert, daß sie ihrem guten Freund Markus nicht sofort alles erzählt hat. Ihm, dem sie voll vertraut. Offensichtlich zieht sie es vor, zu schweigen. Markus - und so gesehen niemand - wird je erfahren, warum sie Norbert die Vaterschaft abgesprochen, und warum sie diesen rätselhaften Brief geschrieben hat. Niemand. Es bleibt ihr Geheimnis. Über den Tod hinaus. Und der Tod ist in unserer unmittelbaren Nähe. Ich spüre es. Er ist hier. Zwischen den dichtgedrängten Menschen. Leibhaftig oder unsichtbar, das weiß ich nicht. Aber ich fühle seine Nähe. Im Gegensatz zu meiner Mutter, die total ahnungslos erscheint. Sie spürt die Gefahr nicht. Ich hingegen bin regungslos vor Angst. Liege wie erstarrt in meiner Kugel. Kann mich nicht bewegen.

Markus kommt zurück. Drängt sich mühsam bis zu uns durch.

Endlich löst sich die Erstarrung. Ich kann mich wieder bewegen. Fange wie wild an zu strampeln. Mit aller Kraft. Will meiner Mutter signalisieren, in welcher Gefahr wir uns befinden. Sie versteht mein Alarmsignal nicht. Mein Gott! Könnte ich doch reden, schreien, brüllen. Ich bin verzweifelt.

Markus sagt: „Nichts. Die haben heute alle enormes Sitzfleisch. Wahrscheinlich, weil sie morgen ausschlafen können."

Meine Mutter legt ihre Hände auf mich. Sagt sanft: „Ruhig, mein kleiner Engel."

Ich höre nicht auf, gegen die Innenwand meiner Kugel zu pochen.

Markus schaut meine Mutter besorgt an. „Ist dir nicht gut?" fragt er.

„Es geht schon. Aber ich sollte wohl nach Hause fahren."

„Verstehe. Heute ist es wirklich ätzend hier."

Markus hält Ausschau nach dem Kellner, um zu zahlen.

Christine sagt: „Übernimmst du meinen Sprudel mit? Ich muß raus hier."

„Klar. Mach ich. Ist doch selbstverständlich."

„Danke. Tschüs."

„Bis auf bald. Wir treffen uns wieder, wenn es nicht so voll ist hier. Ich rufe dich bald an."

„Okay."

Markus ruft noch: „Und fahr vorsichtig!"

Es sind die letzten Worte, die er Christine sagen kann.

Meine Mutter kämpft sich durch bis zum Ausgang. Tritt ins Freie. Atmet tief ein. Ich höre nicht auf, zu strampeln.

Sie sagt: „Ruhig, ruhig. Was hast du denn bloß, mein Engelchen."

Sie erkennt die Gefahr einfach nicht.

Wir entfernen uns von dem erleuchteten Eingang. Der Parkplatz ist überfüllt. Unser Auto steht im hintersten Eck. Am Ende der herrenlosen Mauer. Mit jedem Schritt wird es dunkler.

Meine Kraft läßt nach. Angst und Furcht überwältigen mich erneut.

Wir kommen am Auto an. Meine Mutter öffnet ihre Handtasche, um den Schlüssel herauszuholen. Im selben Moment springt eine dunkle Gestalt hinter der Mauer hervor. In den erhobenen Händen einen riesigen Hammer. Er kracht mit voller Wucht auf uns nieder. Meine Mutter bricht sofort zusammen.

Im Fall wickelt sich die Nabelschnur um meinen Hals. Ich versuche, mich zu befreien. Vergeblich.

Wir liegen am Boden. Der schwere Hammer schwebt wieder über uns. Wird in blinder Wut auf uns geschlagen ... dreimal, viermal, fünfmal ... Es hört nicht auf. Der letzte Schlag trifft voll auf den Bauch. Meine Kugel zerspringt. Blut vermischt sich mit meinem Lebenswasser. Rot. Alles rot.

Ich kann nichts mehr erkennen. Ich habe keine Stimme. Und doch höre ich mich rufen: Mutter! Mutter!

Der Mörder schleift uns vom Auto weg. Hinter die Mauer. Wirft uns auf die Wiese. Dabei werde ich herumgedreht. Die Nabelschnur wickelt sich ab. Ich kann wieder wahrnehmen. Doch es ist zu spät. Ich sehe den Mörder schemenhaft von hinten. Die Gestalt taucht ins Dunkel. Ich weiß nicht, wer uns erschlagen hat.

Wir sind brutal ermordet worden. Meine Mutter und ich. Ja. Auch ich. Thekla, das Ungeborene!

Erst jetzt spüre ich die Grabesstille um mich. Ungewohnt und fremd. Und ich begreife plötzlich: Der Herzschlag meiner Mutter, der mir monatelang Leben schenkte, hat ausgesetzt. Ihr Herz steht still. Für immer. Und damit auch mein Herz.

Aber ich existiere noch. Kann sehen, hören. Ich verstehe nicht, was mit mir geschehen ist. Bin ich ein Engel geworden? Bin ich das kleine Engelchen, das ich für meine Mutter immer war? Jedenfalls kann ich auch fliegen. Ich verlasse die tote Hülle. Schwebe über meiner Mutter. Ihr Körper ist zerschmettert. Doch ihr Gesicht ist unzerstört. Ich sehe das liebe Gesicht. Eingerahmt von bunten Wiesenblumen. Im Schlaf der Unendlichkeit.

Mir wird klar: Ich habe verloren, was ich gewesen bin. Was bleibt, ist Stille. Trauer. Und auch die entweichen. Undurchsichtiger Nebel empfängt mich. Ich tauche ein in eine Wolkenwelt. Mein neues Zuhause. Wenn ich dort bin, ist alles ausgelöscht.

*

Ich weiß nicht, wie lange ich in dem schwerelosen Nichts, in meiner Wolkenwelt, gewesen bin. Plötzlich schwebe ich über einer Straße. Sehe Markus' Auto. Ich fliege hinunter. Setze mich zu ihm. Auf den Beifahrersitz.

Ich sage: „Markus, Christine ist tot. Fahre zurück."

Er kann mich nicht hören. Dennoch stutzt er plötzlich. Vor seinem geistigen Auge taucht Christines Auto auf. Am Ende des Parkplatzes. Beim Wenden hatten es seine Scheinwerfer für eine Sekunde gestreift. Es war ihm nicht bewußt geworden. Jetzt fragt er sich: „Warum steht ihr Auto noch da? Sie hätte doch längst weggefahren sein müssen. Es hat doch ewig gedauert, bis der Kellner endlich abkassierte." Markus fährt an den Straßenrand. Hält an. Er überlegt: „Oder bilde ich mir nur ein, daß ihr Auto noch da stand? Mein Gott. Wenn ihr schlecht geworden ist. Ich muß zurück."

Er schaut auf die Autouhr. 22.20 Uhr. Ist eh noch nicht so spät. Er wendet den Wagen. Fährt zurück zum »Drei Eichen«.

Er parkt direkt vor Christines Auto. Steigt hastig aus. Ruft: „Christine!"

Er rüttelt an der verschlossenen Autotür. Versucht, hinein zu schauen. Es ist zu dunkel. Er kann nichts erkennen.

„Christine ... Christine ..."

Er läuft um das Auto herum.

„Wo bist du denn, Christine," ruft er erneut. Angst ergreift ihn. Er rennt ins Lokal. Es hat sich etwas gelichtet. Er sucht alles ab. Fragt den Kellner: „Haben Sie Christine gesehen? Ich meine, meine Freundin, mit der ich vorhin hier war."

Der Kellner verneint. Markus überlegt kurz. Läuft dann zu den Toiletten. Bei »Damen« kommt gerade eine junge Frau heraus. Markus fragt sie: „Ist da noch jemand drin?"

Die Frau verdutzt: „Wo drin?"

„Na, in der Toilette. Ich suche meine Freundin."

„Da ist niemand. Ich war allein."

„Bestimmt?"

„Ganz bestimmt."

„Ach, schauen Sie doch bitte noch mal nach. Wissen Sie, meiner Freundin war nicht gut vorhin. Ich befürchte, ihr ist schlecht geworden."

„Ach so."

Die junge Frau geht zurück. Läßt die Tür offen. Während sie die Toilette absucht, ruft Markus wieder: „Christine!

Ich bleibe die ganze Zeit in Markus' Nähe. Es fällt mir überhaupt nicht schwer. Mal schwebe ich über ihm. Mal hinter, vor oder neben ihm.

Als sich Markus überzeugt hat, daß Christine auch in der Toilette nicht ist, borgt er sich beim Wirt eine Taschenlampe aus. Läuft zurück zum Auto. Sucht noch einmal alles ab. Und da fällt der Lichtstrahl der Taschenlampe auf einen von Christines grünen Wildleder-Slipper. Er liegt in einer Schleifspur. Markus folgt der Spur. Hinter die Mauer. Findet Christine in der Wiese. Er bricht schluchzend über ihr zusammen. Ja. Markus hat meine Mutter geliebt. Sein Schmerz zeugt davon.

Schließlich steht er auf. Läuft davon. In seinem Schmerz ruft er immer wieder: „Christine! Hilfe! Polizei! ...“ Seine Schreie klingen entfernter. Verhallen.

Auch ich fühle, wie mich das Leid erneut übermannt. Ich kann nicht begreifen, was geschehen ist. Will es nicht akzeptieren. Verängstigt schlüpfe ich zurück in meine Mutter. Ich bin wieder bei ihr. Vereint mit ihr in Kälte und stillem Frieden.

*

Über eine Woche ist vergangen seit dem grausamen Verbrechen. Mutter und ich sind immer noch in der Gerichtsmedizin. Norbert ist in U-Haft. Und die Zeitungen sind voll mit Berichten über den Mord.

Ich bekomme nicht alles mit. Werde schnell schwach. Wenn ich eine Zeitlang beobachtet habe, wird alles nebulös. Ich tauche ein in meine Wolkenwelt, wo es keine Wahrnehmungen mehr gibt. So entstehen Informationslücken. Dennoch begreife ich, was geschieht. Kann mir ein ungefähres Bild von den Geschehnissen machen.

Nachdem Markus telefoniert hatte, war die Kriminalpolizei wenig später am Tatort. Das erste, was Markus dem Kriminalhauptkommissar gesagt hatte, war: „Das hat der Norbert getan. Weil er das Baby nicht will.“

Auf Grund dieses ersten massiven Verdachts und weiterer ähnlicher Zeugenaussagen, wurde Norbert am nächsten Tag verhaftet.

Bei den Vernehmungen verwickelte er sich zusehends in Widersprüche. Vor allem behauptete er steif und fest, nicht der Vater des Kindes zu sein. Vielleicht glaubte er selbst daran, nachdem Christine es ihm erzählt hatte. Der Brief an den unbekannten Klaus hatte ihn in diesem Glauben sicher noch bestärkt. Er hatte ihn gelesen, der Kriminalpolizei aber vorenthalten.

Nachdem alle anderen Zeugen - Eltern, Schwester, Freunde, Bekannte - einstimmig ausgesagt hatten, daß für sie nur Norbert als Vater in Frage käme, wurde schließlich ein Vaterschaftstest veranlaßt. Das Untersuchungsergebnis wies Norbert eindeutig als Vater aus. Erst danach legte er der Kripo den Brief vor.

Der Kriminalhauptkommissar entrüstet: „Warum haben Sie uns dieses wichtige Beweisstück nicht sofort gegeben?"

Norbert: „Weil ich wußte, daß Sie mich verdächtigen würden."

„Wo haben Sie den Brief her?"

„Der lag auf dem Tisch."

„Bei Ihnen zu Hause?"

„Ja, natürlich. Wo denn sonst. Ich habe ihn gefunden."

„Wann?"

Norbert läßt sich Zeit mit der Antwort.

Der Beamte gereizt: „Mann, lassen Sie sich nicht alles aus der Nase ziehen."

„Freitagnacht lag er da. Als ich nach Hause kam."

Das graphologische Gutachten ergab, daß es sich um Christines Handschrift handelte. Damit hatte es die Kripo mit dem »großen Unbekannten« zu tun. Wer war dieser Klaus.

„Ist er der Mörder?" — „Wo steckt er?"

Die Ermittlungsarbeit - bei einem Mord ohnehin sehr umfangreich - nahm sofort ungeahnte, zusätzliche Ausmaße an. Sie konzentrierte sich vorrangig auf die Suche nach »Klaus«. Alle traditionellen und außergewöhnlichen Fahndungsmaßnahmen wurden ausgeschöpft, um den ominösen Unbekannten zu finden.

Nachdem man bei Norbert keinerlei tatrelevanten Beweise sichergestellt hatte, wurde er zunächst auf freien Fuß gesetzt.

*

Heute habe ich mich wieder zu meiner Mutter geflüchtet. In die Gerichtsmedizin. Das ist ein schrecklicher Ort. Ich will mich dazu gar nicht näher äußern. Gott sei Dank spürt meine Mutter von all dem nichts mehr. Natürlich müssen diese Untersuchungen alle sein, um Tathergang und Tatauswirkung nachvollziehen und beweisen zu können.

Was mich, Thekla, das Ungeborene angeht, so hat man mich herausgenommen, gemessen, gewogen und dann achtlos zur Seite gelegt.

Ich bin etwa 30 Zentimeter lang und wiege 988 Gramm. Mir fehlen genau 12 Gramm, um vom Gesetzgeber als Mensch akzeptiert zu werden. Das verstehe ich überhaupt nicht. Wie ist das nur möglich?

Nach dem derzeit geltenden Personenstandsgesetz habe ich kein Recht auf Namen, Totenschein, auf Bestattung. Mich gibt es quasi nicht. Ich, Thekla, habe nie existiert. Und das ist es, was mich traurig, ja mehr noch, was mich wütend macht.

Daß mich der Rechtsmediziner am Ende seiner Untersuchungen zu meiner Mutter zurückgelegt hat, dürfte lediglich der Einfachheit halber geschehen sein.

Totgeborene unter 1000 Gramm sind »schicklich zu beseitigen«, heißt es. Das kann bedeuten, daß unsereins im Abfalleimer oder in der Verbrennungsanlage landet. Eine grauenhafte Vorstellung für mich. Aber auch eine christlich-soziale Doppelmoral, wenn ich an die nicht enden wollende Diskussion zum Schwangerschaftsabbruch denke.

Dabei fällt mir ein Gespräch ein, das meine Mutter vor geraumer Zeit hatte. Ich glaube, es war mit ihrer Schwester. Auch wenn meine Mutter persönlich gegen die Abtreibung war, hatte sie sich furchtbar erhitzt über die Tatsache, daß ein Arzt zu einer Haftstrafe und zu Berufsverbot verurteilt worden war. Um schwangeren Mädchen und jungen Frauen zu helfen, hatte er wenige Wochen alte Embryos abgetrieben. Zu einem Zeitpunkt also, wo das Ungeborene kaum fünf Zentimeter mißt und unter 20 Gramm wiegt.

Und hier bin ich, 988 Gramm schwer, als ich von einem Mörder brutal erschlagen werde. Im Gegensatz zu dem Arzt wird dieser Mörder von Gesetzes wegen nicht belangt. Er wird lediglich wegen Mordes an meiner Mutter angeklagt. Nicht aber auch wegen Mordes an mir - nicht wegen Doppelmordes!

Auch die Zeitungen berichten nur über »den Mord«. Keiner der sonst so spitzfindigen Journalisten wird aufmerksam auf das Unrecht, das hier geschieht. Erkennt, mit welch unbeschreiblicher Nachsicht einem solchen Mörder begegnet wird.

Ach ja, unser Mörder. Den hat man immer noch nicht gefunden. Trotz enormen Aufwands kommt die Kripo in Sachen »Klaus« nicht weiter. Gibt die Ermittlung in dieser Richtung schließlich auf. Muß davon ausgehen, daß dieser »Klaus« vielleicht gar nicht existiert. Daß es sich um eine erfundene Person handeln könnte.

Die Kripo nimmt erneut Norbert fest. Die Verdachtsmomente haben sich erhärtet. Der Prozeß gegen ihn wird eröffnet.

Wo sich der Angeklagte zur tatrelevanten Zeit aufgehalten hat, kann allerdings nicht exakt ermittelt werden. Er selbst war an dem Abend betrunken. Ist von Kneipe zu Kneipe gezogen. Und wieder zurück. Kreuz und quer. Und die vielen Zeugen, die es ja gibt, können sich auf fünf Minuten nicht festlegen. Nicht einmal auf zehn oder fünfzehn Minuten.

„Es war schließlich Freitag abend. Viel Betrieb. Ein Kommen und Gehen," so die Aussagen.

Es wird ein wochenlanger Indizienprozeß geführt, an dessen Ende Freispruch steht. Freispruch für Norbert, der von Anfang an behauptet hat: „Ich war es nicht. Ich bin unschuldig!"

Ist er der Mörder?

Wer ist der Mörder?

Auf der Polizeiakte steht der dicke Vermerk: UNGEKLÄRT!

*

Mit der Beerdigung wird mir die Endgültigkeit unseres Erdendaseins klar.

Auf dem langen Weg zum ausgeschaufelten Grab schwebe ich schützend über dem Sarg, in dem meine Mutter liegt. Obwohl ich weiß, daß es nichts mehr zu beschützen gibt. Ihr Leben ist ausgelöscht.

Ich schaue zurück auf den Trauerzug. Es sind viele gekommen, um von Christine Abschied zu nehmen. Markus ist unter ihnen. Mit einem weißen Rosenstrauß. Bevor der Sarg in die Grube versenkt wird, vereinige ich mich mit meiner Mutter. Ich will bei ihr sein. Wir wollen beisammen sein, wenn wir eintauchen ins Dunkel. Für immer.

Als Blumen und Erde auf unseren Holzsarg fallen, schaue ich mir jedes Gesicht genau an. Ich erkenne, daß die Tränen echt sind, die vergossen werden. Meine Mutter war ein guter Mensch. Das fühlen alle, die zur Beerdigung gekommen sind. Die Trauer um ihren Verlust ist groß.

Plötzlich taucht Karls Gesicht auf. Karl, der Busfahrer. Auch er ist gekommen. Unser guter Freund. Er ist der einzige, der auch an mich, Thekla, denkt. Der von uns beiden, von meiner Mutter und von mir, Abschied nimmt. Das tröstet mich. Mehr noch: Es versöhnt mich. Macht mich glücklich.

Mit diesem Glücksgefühl steige ich auf in meine Wolkenwelt. Verlasse sie nur noch selten. Ohne meine Mutter verliert alles, was sich auf der Erde tut, an Bedeutung. Und ich verliere auch langsam die Fähigkeit, die Dinge klar zu erkennen.

*

Ich bin noch einmal zurückgekommen. Es ist das letzte Mal. Ich spüre es. Wie immer habe ich mich zu meiner Mutter gelegt. Es fällt mir schwer, sie wahrzunehmen. Alles löst sich auf.

Nur schwach erkenne ich Karl. Er ist regelmäßig zu uns gekommen. Immer, nachdem er am Grab seiner Frau war.

Jetzt steht er da. Mit einer weißen Marmorplatte unter dem Arm. Etwa 30 mal 40 Zentimeter. Karl ist der einzige, der in mir mehr als nur das ungeborene Wesen gesehen hat. Ich hauche schwach: „Danke. Karl."

Er legt die Marmorplatte auf das Grab. Direkt vor den Grabstein, auf dem der Name meiner Mutter steht. Ich versuche, von unten die Spiegelschrift zu lesen. Die Kraft reicht kaum mehr aus. Mit letzter Anstrengung kann ich entziffern:

THEKLA

1. Kor. Kap. 13 Vers. 8

Die Liebe höret nimmer auf